GUAU

Alejandro Archundia

GUAU

ISBN: 9798788061399

Portada: Alejandro Archundia

Un porcentaje de las ganancias de la versión digital de este libro, será donado en especie a refugios de perros callejeros de la Ciudad de México.

MÚSICA

Aumenta tu experiencia de lectura, escuchando la playlist que acompaña el libro.

https://spoti.fi/3qlAB7x

https://apple.co/3rkT9UF

A JESSICA

A PENNY LANE

"...Knowing that love is to share
Each one believing that love never dies
Watching their eyes
And hoping I'm always there."

-Paul McCartney

EL MEJOR AMIGO DE LA MUJER

"El perro, ha logrado desplazar fácilmente al hombre como la elección ideal de acompañante en la vida de una mujer. ¿Y cómo no? Un perro le será fiel siempre. A veces no obedece, pero con un poco de adiestramiento y jalar su correa se logran resultados asombrosos. El perro da amor incondicional, el hombre no. Un perro es demandante, pero el hombre lo es más. En una discusión el perro jamás va a ganar. El perro siempre va a proteger a su ama sin importar la circunstancia. El perro cuida, valora, agradece, es fiel, no es exigente, es cariñoso, juguetón, carismático. En conclusión, el perro ofrece mejores oportunidades de compañía a una mujer que un hombre, que lo único que tiene a su favor, es la posibilidad de tener sexo con la mujer, pero en estos tiempos, el hombre es fácilmente reemplazable con otros medios y métodos".

Cuando mi ahora "ex-jefe" leyó en voz alta lo que escribí, puso los codos sobre su escritorio se llevó la mano a la frente y en un movimiento casi automático se "peinó" las líneas aparecidas por su edad con las yemas de los dedos índice y medio. Si hubiéramos estado en la calle o en un bar, seguramente habría sacado un cigarro y le daría tres bocanadas continuas como lo hace siempre que está tratando de contenerse. ¿En dónde trabajas Pablo? La pregunta me pareció muy agresiva. ¿Dónde trabajo? ¡Sí, dónde trabajas! Esa fue toda su paciencia. ¿La dirección? Pues en mi casa. ¡No te pagamos para que te hagas pendejo! Si te pregunto en dónde trabajas es porque estoy tratando de darme a entender en algo. Otro día, en otra hora y en otro lugar quizás me hubiera enojado mucho con su tono de voz y su sarcasmo. Pero ese día no. Ese día estaba muy tranquilo, contento y seguro de lo que había escrito, quizás porque ya sabía lo que iba a pasar. Pues ya sabes dónde trabajo. Escribo en la revista "Hombres Metrosexuales" y tú eres mi editor. Su semblante se relajó un poco. Ya no se peinaba las líneas de la frente, ahora se llevo la mano a la comisura de los labios. ¡Sí! ¡Trabajas en la revista "Hombres Metrosexuales" y yo soy tu editor. Y como tu editor te pregunto: ¿Crees que este artículo va en la línea de los artículos que normalmente publicamos en la revista? Yo creo que sí. Con todo respeto, creo que nuestros lectores necesitan despertar y dejar de ser tan egoístas. ¿De verdad eso crees? Ahora el que se llevaba la mano a la frente y se la peinaba era yo. Parecía que a Jorge se le habían olvidado mis artículos anteriores: "El hombre no es hombre si no es sensible", "Los machos son niños que buscan en su pareja la aprobación de su mamá" y sobretodo "La nueva masculinidad es incluir y respetar equitativamente a tu pareja", artículo que hizo que la revista ganara un premio a nivel internacional por ser considerada "La mejor revista para hombres que es leída también por mujeres". Jorge, sabes perfectamente que no va en línea. Yo no escribo de cigarros, de autos, de relojes o de ejercicios para ponerte más mamalón. Así empezaste Pablo, que no se te olvide que tu primer artículo en esta revista fue una reseña de una loción. Sí, pero en esa reseña me dejaste explicar que un hombre no vale por la marca de la loción que se pone y que oler bien es algo positivo para todos los que lo rodean. Y si te acuerdas Jorge, eso fue lo que te gustó de lo que escribía, que me atreviera a romper esquemas y aportar más para ser una revista diferente a las demás. Pues sí cabrón, pero una cosa es escribir sobre el respeto a la pareja y otra escribir que un perro es mejor que cualquier wey que está leyendo la revista. Ya no me aguanté. Sabía que después de lo que iba a decir se acababa mi trabajo en "Hombres Metrosexuales". Jorge, tú bien sabes que los que compran la revista la compran para ver a las mujeres a las que les pagas para posar desnudas en las páginas centrales. También sabes que son las parejas de esos que compran la revista los que leen los artículos. Y también sabes que desde que mis artículos cambiaron de temática, la revista se vende más porque también la compran las mujeres, a pesar de que no me hicieron caso cuando les sugerí que también pusieran fotos de hombres posando desnudos para hacerla más incluyente. Jorge se puso de pie de un movimiento y se acercó a mí, a pesar de estar parado a menos de un metro, no dejó de gritar y de hacer aspavientos con los brazos extendidos. ¡Ya veo cabroncito! ¡Entonces esta revista es la mejor revista para hombres de Latinoamérica por ti! ¡Eres la verga más parada y peluda de todo el mundo editorial! ¡No tiene que ver que este pendejo que tienes enfrente te haya dado tu primer y tu segundo y tu tercer trabajo en cuanta pinche revista me asignan! ¡Yo no soy nada sin tu pinche pluma poderosa maricona! Cuando Jorge me despide de un trabajo, siempre se guarda una grosería larga y la frase más hiriente que se le pueda ocurrir. ¡Hijo de perra de tu puta madre chingada por las vergas de los dioses! ¡El puto chingado premio que te ganaste lo compramos! ¡Lo compramos para ti pinche ojete, porque tu jefa acababa de morirse y no queríamos que te suicidaras como lo has intentado otras veces pendejo! ¡Lo compramos por tu jefa! ¡Yo te doy trabajo por tu jefa pendejo! ¡Por la pinche culpa de haber permitido que el pendejo de tu padre me la bajara! ¡Tu premio no vale nada pendejo! ¡Tú no vales nada! ¡Pinche escritor fracasado "guanabí"! Jorge tendía a repetirse. Sus insultos parecían más una proyección de lo que su autoestima le decía a sí mismo. Siempre ponía de pretexto a mi mamá. Siempre decía que los premios que he ganado han sido comprados. Y aunque me quedaba claro que no tenía nunca por qué permitir que me gritara de esa forma, mi límite hacia él era terminar nuestra relación laboral una vez más.

Jorge, como siempre fue un placer trabajar contigo.

Media vuelta. Pasar por mi último pago. Sé que voy a extrañar escribir en "Hombres Metrosexuales", pero también sé que para cualquiera, el trabajo debería terminar cuando la persona que te paga te reclama y se queja porque haces el trabajo de la forma que antes era la forma que disfrutaban. ¡Me encantan tus artículos

Pablo! ¡Son diferentes! ¡Eso es lo que necesitamos! Esas palabras eran las que me hacían sentir que me ganaba el dinero que me pagaban por mis artículos y ahora, puros reclamos y ofensas.

Creo que lo mismo pasa en las relaciones de pareja.

¿No lo crees, Rigo?

Rigo le puso las patas en la pierna y se inclinó hacia adelante para lamerle el rostro.

GUAU GUAU GUAU

Me cuesta trabajo decidir si me gusta o no me gusta que mi humano se siente frente a esa cosa a hacer ruido. Me gusta cuando estamos tranquilos en la casa y me da sueño después de un largo día de jugar. En esos momentos la cosa esa toma mi lugar y evita que Pablo se ponga a pensar tonterías (¿O las estará pensando mientras lo usa?). Me gusta también cuando estamos en la casa y él me lee en voz alta lo que acaba de escribir. Y aunque para mí lo que lee es lo mismo que si me contara cualquier cosa, para él es importante mi opinión, que se basa en los olores que despide cuando lo está leyendo. Si es algo que a él no lo convence del todo, es un Guau. Si le gusta son tres Guaus, Si su olor me indica que está molesto entonces me quedo callado e inclino la cabeza hacia un lado en señal de descontento. El Guau es el lenguaje universal con el que los perros nos comunicamos con los humanos. Rufus me ha contado que hay personas dedicadas a tratar de entender lo que ellos llaman "ladrido". Ese nombre es horrible. Simplemente deberían llamarse Guaus. Y aunque los Guaus de algunos de nosotros ni siquiera suenan a Guaus, se ha quedado establecido que así es como se escucha y así es como se llaman entonces.

Nosotros los perros aprendemos por instinto. Si somos muy pequeños y nos separan de nuestra creadora, aprendemos todo de acuerdo a lo que nuestro dueño nos enseña. Básicamente reconocemos el sonido que nuestros humanos emiten de sus bocas y su entonación. Pero en realidad lo que nos permite entender lo que nos quieren decir es su olor. También somos buenos leyendo el lenguaje corporal de los humanos. Los gatos creen que es muy fácil entender a los humanos porque la mayoría los condicionan para que sean los humanos los que aprendan a entenderlos, pero como perros es diferente. Somos nosotros los que tenemos que aprender a entender lo que nos quieren decir. Leer sus sonidos, su entonación, su olor y su lenguaje corporal y traducirlo en una instrucción no es tan fácil. Lo es como ya comenté, cuando estamos desde cachorros con ellos. Eso lo dice Rufus también. Y le creo porque es el perro más sabio que recuerdo haber conocido.

Con Pablo fue muy fácil entendernos a pesar del poco tiempo que lo tengo como humano. La entonación de su voz y los movimientos de sus manos son muy fáciles de descifrar. Cuando le dije esto a Rufus me dijo que seguramente se debía a que mi humano había tomado clases para comunicarse con los perros. Otra vez, si él lo dice, seguramente es cierto. Desde el primer día que me llevó a la casa tuvo toda la disposición para que nos comunicáramos. Digo, ya no era un cachorrillo que necesitaba aprender mucho, pero cada dueño tiene una forma diferente y a veces palabras diferentes para nombrar las cosas que uno quiere que haga. La otra vez estaba platicando con Toby que su humana le dice ¡Siéntate! cuando quiere que ponga el trasero en el piso. A otros les dicen ¡Siitt¡. A otros ¡Sentado! A los menos afortunados les jalan la cosa esa que conecta el cuello del perro con la mano del humano. Pablo lo que hace es ponerse frente a mí, inclinar su cuerpo ligeramente hacia abajo, mirarme a los ojos y señalar con uno de sus dedos.

También creo que tiene que ver el tiempo y la cantidad de veces que un humano habla con su perro. Pablo habla tanto conmigo que he logrado aprender el significado de muchas palabras que utiliza. Tenemos varias claves: cuando Pablo me dice "Pavlov" con voz suave sé que quiere que me calme y que deje de gritar. "Pavlov" en voz alta es para correr. Cuando vamos paseando y Pablo me dice "Pacá" es que quiere que siga el camino que marca el suelo. "Pallá" quiere decir que deje de seguir el camino y vaya al otro lado. "Palante" es avanzar, avanzar y avanzar hasta escuchar un "¡Eh!" que es dejar de mover mis patas y echarme en el piso.

Pero lo que más me gusta es cuando platicamos y me pregunta cosas. Ahí todo es más sencillo y me emociona mucho oler y ver a Pablo cuando le contesto con Guaus. La clave es muy similar a cuando me lee y me pide su opinión. Tres Guaus es que estoy de acuerdo. Dos Guaus es lo mismo que Pablo hace cuando no aguanto y me hago en la casa; creo que le dicen "no". Un Guau es cuando no entiendo lo que me dice. Si le contesto con un Guau, me pregunta ¿No me entendiste Rigo? Le contesto con tres Guaus y entonces es muy divertido verlo buscando maneras para explicarme. A veces toma una varita pequeña y una de esas cosas que usa mucho y me muestra algo que según Rufus se llaman "dibujos". Me hace sentir extraño y no sé cómo explicarle que los perros somos muy astutos pero no sabemos leer. En otras ocasiones me habla despacio, seguramente pensando que así lo voy a entender, pero los perros no somos personas, si no entiendo las palabras que me dice no importa la velocidad a la que me hable voy a seguir sin entenderlo. Cuando distingo que el olor de Pablo se empieza a tornar amargo tratando de explicarme, solo me acerco a él y le pido que me toque la cabeza. Él se agacha y yo le muestro mi cariño lamiéndole la cara. Para nosotros los perros entender no es importante. Lo importante es que nuestro humano se sienta bien.

Pablo no es mi primer dueño. Pero yo sí soy su primer perro y eso me hace sentir especial.

¡Rigo ven, es hora de cenar! Apenas veo que mi humano se levanta y va a la cocina lo sigo.

No hay nada que no hagamos juntos.

ADIÓS MINERVA

¿Por qué les das de comer a las ardillas? ¿Qué no sabes que son una plaga? Cuando tengas a decenas de ardillas caminando por los balcones de los vecinos y arañando los cables de su internet te vas a meter en problemas y te van a pedir que dejes el departamento.

Pablo bajó la mirada. Metió su mano a la bolsa de cacahuates y escogió el más grande. Al sacarlo de la bolsa, un sonido similar al de un beso tronado salió de su boca. Enseguida, una ardilla de color café, con la cola blanca y puntiaguda descendió del árbol rápidamente hasta el tronco. Pablo acercó su mano sujetando el cacahuate hacia la ardilla, que sin dudarlo, estiró la cabeza y abrió la boca para tomarlo y después subir rápidamente a una rama más alta para disfrutar de su comida.

Pablo y Rigo parecían hipnotizados mientras veían a la ardilla comer su cacahuate. Minerva los miró con fastidio.

¿Sabes Minerva? Estoy convencido que las ardillas y los perritos serán los que nos salven de los robots el día que decidan conquistar la tierra. Pablo acarició a Rigo, que movió la cola mientras intentaba lamer los dedos de la mano que lo acariciaba. ¿Verdad, Rigo?

No digas tonterías. Los robots no van a conquistar a los humanos y si así sucediera no veo la forma en la que las ardillas y los perros nos fueran a salvar. Rigo se alejó un poco de Minerva, poniéndose detrás de Pablo sin dejar de contemplar a la ardilla pelando el cacahuate con sus dientes.

Es muy simple. Pablo se colocó frente a Rigo y con la misma

mano con la que sujetaba su correa simuló lo que le explicaba a Minerva. Los perros van a distraer a los robots. Nadie, estoy seguro que ni los robots se pueden resistir a los encantos de un perro. Rigo ladró. Mientras los robots están pasmados contemplando la belleza de los perros, las ardillas se les van a montar y con sus dientes afilados van a romper su coraza y posteriormente morder sus circuitos. Minerva lo miró extrañada. Las grandes empresas de tecnología están ubicadas en zonas donde hay muchos árboles. Donde hay árboles, hay ardillas. Basta que las ardillas se comuniquen con sus parientes alrededor del mundo para sabotear los servidores y quemarlos desde adentro. Minerva alzó las cejas. La ardilla había terminado su primer cacahuate tirando la cáscara al suelo. Pablo sacó otro cacahuate de la bolsa y se lo colocó en la boca a la ardilla. Rigo soltó un pequeño chillido de emoción. No Rigo, las ardillas son nuestras amigas. Minerva empujó el cuerpo hacia atrás quedando cada vez más lejos de la escena. ¿Sabes Pablo? Creo que tenemos que hablar. Claro que sí, dime. No creo que este sea el mejor momento, cuando termines de alimentar a las ardillas dejamos a Rigo en tu casa y vamos por un café. Pablo dejó por un momento de contemplar a la ardilla comiendo. Miró consternado a Minerva mientras ella se cruzaba de brazos. ¿Me vas a dar la plática de "no eres tú soy yo"? Minerva no se inmutó. Pablo se dio cuenta que no era una broma. ¿En serio? Minerva permaneció inmóvil.

Los perros podemos oler las emociones de nuestros humanos y de los que los rodean. Eso nos ayuda a entenderlos y ser la mejor compañía según su estado de ánimo. La verdad es que Minerva nunca me ha caído muy bien. Sé que se me acerca porque no le queda de otra. Puedo oler su incomodidad cuando se me acerca. Esa incomodidad permanece cuando viene a dormir a la casa y yo tengo que sacrificar mi lugar en la cama para que ella pueda disfrutar de las artes amatorias sin que se sienta observada. Esas noches yo tengo que dormir en el frío de la sala. Minerva cierra la puerta pero pues es obvio qué es lo que están haciendo. Los perros obviamente también olemos las feromonas. Yo me aguanto porque Pablo la quiere y eso automáticamente me hace quererla, verlo feliz hace que todo valga la pena, pero creo que para los humanos es diferente. Creo que para ellos el amor incondicional es más complicado de obtener. Es más, creo que para los humanos todo lo bonito es más difícil de obtener: el amor, la felicidad, el placer, la alegría. A lo largo de la historia, los humanos nos han domesticado hasta convertirnos en seres de puro amor. Por dentro y por fuera. Así de simple. O al menos eso es lo que dice Rufus cada vez que platicamos en el parque. Rufus sabe mucho de los perros, los humanos, y los gatos; y cómo funcionan las cosas por acá. Yo sé muy poco, que quiero incondicionalmente a Pablo, que me gusta jugar en el parque y que Minerva no me cae bien.

Con una reacción involuntaria, Pablo jaló la correa de Rigo y lo acercó hacia él. La ardilla había terminado su cacahuate y parada en la rama se llevó una pata al pecho como si se preguntara el porqué había cesado su alimentación. Pues para lo que me tengas que decir, no veo la necesidad de ir por un café, me lo puedes decir ahora, y que Rigo y la ardilla sean testigos de nuestra conversación.

Ay, mi humano. El olor a molestia de Minerva era igual de intenso que el olor a preocupación de Pablo. A mí no me importa que sea así y yo lo acepto como sea, pero esta actitud de impulsividad y de querer forzar las cosas a que lleguen a sus últimas consecuencias es algo que nos ha metido en muchos problemas y aunque él está seguro que eso le va a ayudar a que le duelan menos, casi siempre es lo contrario.

Minerva cruzó los brazos. Está bien. Como quieras. Yo te quiero Pablo, nos la pasamos muy bien, eres comprensivo, cariñoso, atento, el sexo es fabuloso, eres muy creativo... ¡Ya! No necesitas suavizar las cosas, ve directo al grano y dime lo que me tengas que decir. Rigo recargó su cabeza y la presionó con fuerza sobre la pierna de Pablo. ¡Esto! ¡Esta actitud es una de las cosas que me desesperan de ti! La otra es que romantizas mucho las cosas, y que el mundo no era tan complicado como lo estaba siendo para todos, esa parte de mí que se sentía libre de jugar a que cosas mágicas existían y que ser uno mismo se permitía en un mundo tan acostumbrado a reprimir a las personas que piensan diferente. Sin esfuerzo imaginé que el merendero podría ser regalado a Julieta por un personaje que da regalos, alguien como Santa Claus pero con un toque diferente. ¿Quién regalaría un merendero para ardillas sino Ardilla Claus?

Fui a la tienda de regalos y compré etiquetas y una caja armable. Hice en la computadora la edición de una foto que le había tomado a una ardilla y le agregué un gorro navideño. También diseñé las etiquetas de la caja para simular que la mesita era un producto real que se podía comprar. Mi parte racional varias veces me decía que era una tontería lo que estaba haciendo, que no tenía sentido esforzarme si ya era suficiente con hacer la mesa y entregarla para que Julieta la decorara. Lo cierto es que no sentía que estuviera esforzándome. Todo fluía, todo se sentía bien. Mi parte emocional que siempre pareciera estar escondida, se sentía libre de tener el control.

Empecé con el juego mandando un mensaje a Julieta diciéndole que había recibido un recado para ella de parte de "Ardilla Claus". Le envié una imagen donde la ardilla con gorro navideño estaba parada sobre una caja de regalo.

Santa Ardilla Claus ha recibido tu solicitud de:
"Mesita de picnic de ardillas para decorar"
Te pedimos que estés atenta a tus mensajes, ya que la próxima semana recibirás una notificación cuando tu petición esté lista.
¡Santa Ardilla Claus agradece tu petición!
P.D.- ¡Saludos a Penny Lane!

Julieta
¡Hoooola! Ay wow, qué padre mensaje de ardilla Claus, tendré que estar muy pendiente.

Me parecía que Julieta había aceptado el juego. Pero unos días después me envió un mensaje en el que se mostraba preocupada porque las ardillas fueran a desconfiar del merendero por tener otros colores. Le pedí que no se preocupara y después de darle varias alternativas estuvo de acuerdo. Iniciaba la temporada de lluvias, y aunque estaba muy ansioso por entregar el merendero, el clima complicaba que Julieta saliera a jugar con Penny. ¡Hoy es el día Rigo! ¡Vamos! GuauGuauGuau. Acordé con Julieta vernos en la fuente. Rigo estaba moviendo la cola agitadamente. ¡Hola! ¡Hola! Pues aquí está tu encargo de Ardilla Claus. La caja con el merendero estaba dentro de una bolsa de papel que no permitía ver lo que había en el interior. Dile a Ardilla Claus que muchas gracias. Las manos comenzaron a sudarme. Entregué la bolsa a Julieta. Miré a mi alrededor, la gente se acercaba con sus perros a la fuente. Rigo apenas estaba saludando a Penny cuando lo jalé de la correa para regresar a la casa. ¿Por qué nos vamos? ¡acabamos de llegar! ¡no es justo humano! ¡Adiós Rigo, nos vemos pronto!
Más tarde Julieta escribió para agradecer el detalle y conversamos un rato por mensaje. Le expliqué el proceso de creación de la mesita y ella me habló de su habilidad para coser y bordar. Hablamos de los Beatles en el cine, de mis proyecciones de hacer de este asunto de las mesitas todo un movimiento en otros parques de la delegación. No podía ocultar mi emoción por lo que estaba pasando. Julieta me hablaba de su miedo a que se robaran la mesita y varias veces quedé esperando su respuesta después de largos párrafos de mensajes que yo escribía. Julieta es-

cribía tiempo después explicando que había recibido una llamada.
No me importaba esperar su respuesta. Me importaba que me sentía bien, como un niño que ha encontrado a la compañera de juegos ideal.

El olor de mi humano se esparcía por toda la casa. A pesar de su intensidad era un olor que me provocaba mover la cola. Le hablaba a la cosa esa que se llama Sili y empezaba a sonar ese sonido que aunque a veces me lastima las orejas hace que mi humano cambie su voz y mueva su cuerpo de forma inusual. ¡Te quiero mucho Rigo, eres lo máximo! Para mí era nuevo ver así a mi humano. ¡Hoy por fin vas a jugar con tus nuevos amigos en el parque Rigo! ¡Vas a ver a Penny! GuauGuauGuau. Ven perrito mío, vamos a bailar.
Salí de casa con la correa de Rigo en una mano, la mochila de las herramientas colgada del hombro y una escalera pequeña bajo el brazo. Julieta, Fernando y Miguel ya nos esperaban con sus perros en la misma banca cercana a la fuente donde los había visto anteriormente. Nos saludamos. Julieta sacó de la bolsa el merendero. Era hermoso. Sin saberlo, había usado en su paleta de colores y para la superficie donde pondríamos el plato con cacahuates mi color favorito. Las patas de la mesita eran de un verdiazul similar al color de la blusa que llevaba la otra ocasión. Los asientos eran rosas. ¡Te quedó increíble! ¿Tú crees? ¡Sí! Después de recorrer los alrededores, Julieta escogió un árbol. ¡Creo que aquí puede ser! El árbol se encontraba en una sección del parque cercana a un sitio de taxis. Su ubicación permitía que las ardillas pudieran bajar a comer, ser contempladas por los perritos sin obstruir el paso, y que las personas pudieran sentarse en la banca, vigilar a los perros y disfrutar de las ardillas. Julieta sujetó la escalera y los clavos mientras yo subía a clavar la mesita. Fernando

y Miguel nos veían desde la banca. Varias personas en el parque se acercaron a ver lo que hacíamos. Nuestros perros jugaban a los pies de nuestro montaje.

¿Qué están haciendo sus humanos? Van a poner esa cosa para que bajen las ardillas. ¡Al fin puedes conocer a la pandilla completa Rigo! Le voy a llamar a Tania. Draco gritó y un perro apareció corriendo, dando un salto para brincar la fila de arbustos que delimitaba la zona. ¡Hola pandilla! ¿Qué hacen? ¡Mira Tania, él es Rigo! Contestó Penny. ¡Es el experto en ardillas que te comenté!

Recibiendo información:
Tania es perra. Come pollo, croquetas, carne, sobres. Le gusta cazar su propia comida. Tiene mucha energía. Huele a parque y a muchos humanos. Ha estado con varios perros.

Hueles a lo que comen las ardillas Rigo. Sí, eso me dicen todos. Ha llegado el momento Rigo. Tania dio un par de vueltas alrededor mío. ¿Crees tener lo que se necesita para formar parte de la mejor pandilla del parque? No estoy seguro. ¡Di que sí Rigo! ¡Sí Penny! Draco se colocó frente a mí. Para pertenecer a esta pandilla tienes que superar varias pruebas, solo así podremos comprobar que tienes lo necesario para ser parte de este grupo. De acuerdo. ¡Que te vaya muy bien Rigo! Mis patas temblaban un poco, pero las palabras de Penny me ayudaban a sentirme mejor. ¿Estás listo? Eso creo. Tania se colocó a un lado de Draco. La primer prueba es traernos una rama. ¡Eso es fácil! Pero no puede ser cualquier rama, tiene que ser una rama del corral. ¿Del corral? Pero yo no entro al corral, no le caigo bien a los perros que juegan ahí. ¡Vamos Rigo, tú puedes! No podía de ninguna manera irme solo al corral; Pablo estaba colocando la cosa para las ardillas y olía a que se sentía bien. No quería incomodarlo. Pero ¿de qué otra forma? Muy bien, esperen un poco. ¿La única regla es traer la rama del corral cierto? Sí. Me acerqué a la humana de Penny. ¿Qué pasa Rigo? Mi humano dejó su labor y me miró. ¿Qué necesitas Rigo? No te preocupes por él, yo lo atiendo. La humana se agachó y puso su mano en mi cabeza ¿Qué pasa Rigo qué necesitas? Avancé hacia los arbustos que marcaban la salida de la zona en la que estábamos. ¿A dónde quieres ir? Mi humano me miró de nuevo, su olor cambió un poco. ¿Y ahora Rigo? Te digo que yo lo atiendo, tú sigue con el merendero para que quede bien. Salí de la zona hasta el camino que conducía al corral. La humana de Penny se colocó a mi lado. ¿A dónde vamos? Penny fue tras nosotros. Draco y Tania permanecieron ahí contemplando la cosa para las ardillas. Caminamos hacia el corral. ¿Quieres entrar al corral? La humana de Penny se agachó y la puso entre sus brazos. Abrió la puerta con cuidado. Entra Rigo, aquí te esperamos. Sentía seco el hocico, apenas entré al corral los perros que jugaban ahí detectaron mi olor. ¿Quién es ese? ¡Vamos a olerle el trasero! Corrí por la orilla buscando una rama. Un perro que estaba junto a otro haciendo un agujero en el piso traía una en el hocico. ¡Hola perro! El perro brincó asustado y soltó la rama. ¡Perdóname perro! Tomé la rama y corrí hacia la puerta. Varios perros corrían hacia mí. ¡Le robó la rama! ¿Quién se cree? ¡Tras él! Di la vuelta y todos me siguieron. Corrí rodeando el corral. ¡Rigo por aquí! La humana de Penny abrió la puerta y la cerró justo antes de que los perros me alcanzaran; detrás me seguían gritando de cosas. ¡No regreses aquí! ¡Este no es tu corral! Estaba agitado, de inmediato sentí el olor de mi humano muy cerca. ¡Rigo! ¿Qué haces? Iba a contestarle, pero no quería tirar la rama. Me cae bien tu perro, le dijo Julieta a mi humano. ¿Por loquito? ¡Sí! Dicen que todo se parece a su dueño. Julieta bajó a Penny. ¡Lo lograste Rigo! ¡No puedo creer que lo hice! Regresamos a la zona de la cosa esa que estaban poniendo. ¡Aquí está! ¿Ya soy parte de la pandilla? ¡Lo hizo genial! Draco y Tania se miraron en silencio. ¡A todo dar Rigo! Gracias Draco. Una cosa más, dijo Tania. Ya demostraste que tienes talento, ahora necesitamos saber si tienes alma de perro de esta pandilla. ¿Qué es alma? No sé, pero uno de mis humanos siempre dice eso. Se rieron, yo pensé que había hecho suficiente. La siguiente prueba también es fácil Rigo. ¿Qué hay que hacer? Toma un baño en la fuente. No. ¿No? Es que a mí no me gusta el agua, Tania. No pasa nada Rigo, es fantástico. Draco salió corriendo hacia la fuente que estaba rodeada de líneas de agua que aparecían y desaparecían del piso. Francisco se levantó de la banca ¡No te metas al agua, cabrón! Draco regresó con el pelo mojado. ¿Ves Rigo? ¡Es fácil! ¡Es divertido! Tania salió corriendo repitiendo los pasos de Draco. Miguel se limitó a verla. ¿Y ahora qué les pasa a estos pinches perros? Tania regresó también con el pelo mojado. Julieta tomó nuevamente a Penny en los brazos. ¡Ni se te ocurra! Mi humano había permanecido a mi lado. Rigo no se va a meter, no le gusta el agua. ¿Por qué me ves así? ¿Te quieres meter? GuauGuauGuau.

¡Mira, Rigo te dijo que sí! Pues si te quieres meter Rigo, por mí no hay problema. ¡Vamos Rigo tú puedes! Salí corriendo tratando de imitar los pasos de Draco y Tania, al llegar a la línea de agua me detuve. Giré la cabeza. Humanos y perros me miraban. Centré mi atención en Penny que le estaba dando lengüetazos a su humana. Mi humano se fue acercando hacia mí. ¡Anda Rigo, entra al agua! Avancé unos pasos, mi intención era esperar a que saliera la línea de agua y pasar corriendo. ¡Rigo muévete estás parado justo donde sale el chorro! Todo fue muy rápido. La presión del agua en el estómago de Rigo lo asustó. Quiso dar unos pasos pero el otro chorro ya había salido. Por donde pasara, el chorro de agua le mojaba el estómago. ¡Ven Rigo! Rigo se veía asustado, se acercó a mi cuerpo y sin importarme lo mojado que estuviera lo abracé. ¿Qué traes hoy Rigo? Estás muy emocionado. Rigo se soltó de mis brazos y se sacudió. ¡Ay, me mojas! Todos se reían. Podría jurar que los perros también. ¡Ya solo falta Penny! Le gritó Fernando a Julieta. ¡No, qué te pasa! No le toca baño hasta la semana entrante. ¡Felicidades Rigo! Gracias Penny. Pues aunque no te salió muy bien, te metiste al agua Rigo, felicidades. Gracias Tania. ¡Bienvenido a la pandilla Rigo! ¡Gracias Draco!

El merendero se veía espectacular con los colores que le había puesto Julieta. Le ofrecí una bolsa con cacahuates. ¿Me haces los honores? Con mucho gusto. Julieta estiró el brazo para llenar el plato de metal. Ojalá y vengan a comer pronto. ¡Sí! Bueno, me retiro porque tengo que secar a mi perro que después de meterse al corral se mojó, entonces está hecho un asco. Muchas gracias por el merendero. Gracias a ti por pintarlo. ¡Tengo una idea! Dijo Julieta. ¿Me tomas una foto con el merendero de fondo? ¡Claro! Julieta me dio su teléfono. Penny se acercó a su humana. ¡Draco, Tania, Rigo, vengan a la foto! Los tres perros siguieron las instrucciones de Julieta como si ella fuera la humana de todos. Estaba nervioso, creo que Francisco y Miguel se percataron de mis manos temblorosas. ¡Listo! Ojalá te guste. Salgo con toda mi tribu, seguramente me va a gustar. ¡Vámonos Rigo! ¡Hasta luego pandilla! ¡Adiós Rigo, bienvenido!

Bueno Rigo, hoy fue un gran día. Tú venciste tu miedo al agua, y al parecer yo superé mi miedo a salir a la hora de mucha gente. GuauGuauGuau.

Los siguientes días no salimos a jugar pero seguí comunicado con Julieta por mensajes. Me contó que a Penny le habían salido unas ronchas raras en la cara que resultaron ser reacción alérgica a una mantita. Quise estar al pendiente y cuando recibía actualizaciones, le comentaba a Rigo que parecía entender la situación. Una tarde saqué la tableta y abrí una aplicación de dibujo. Cerré los ojos y traté de imaginarme cómo era el rostro de Julieta sin cubrebocas. Hice un dibujo muy sencillo en el que resaltaba las tres pecas/lunares que se asomaban por el borde de la mascarilla. El trazo era color verde, el mismo tono que tenía la blusa que traía puesta aquella vez de la recomendación de Tombuctú, y similar al verde de las patas del merendero de las ardillas que le había regalado Ardilla Claus. Me siguió en Instagram y finalmente pude ver su rostro completo. No me había equivocado en el dibujo. Me contó que Penny tenía una cuenta en esa red social y la seguí. Tomé una imagen que me llamó la atención y con mi aplicación de dibujo hice una ilustración para ella con el mismo fondo verde que le había puesto al trazo del dibujo de Julieta, pero con flores. Algo me había sucedido desde que las conocí. Varias noches acostado en mi cama mirando al techo buscando arañas para tomarles foto, trataba de resolver la ecuación. ¿Qué era lo que había cambiado? ¿Por qué Julieta me hacía sentir de ese modo? No era una atracción física, es difícil que te atraiga físicamente alguien a quien has visto todo el tiempo solo de la mitad de la nariz hacia arriba. ¿Acaso era la forma en la que nos habíamos conocido? Tampoco. Lo que sentía era algo diferente. Tenía tintes de admiración, sorpresa, pero por encima de todo me llenaba de vida saber que Julieta me inspiraba, que sus recomendaciones eran acertadas, el modo en el que su forma de ser se complementaba conmigo. Y aunque dudaba que fuera una percepción mutua, estaba seguro que en algún momento cercano tenía que decirle esto que generaba en mí, que a falta de una mejor explicación, se parecía mucho a esta energía de vida que se siente cuando eres adolescente. O al menos así me sentía yo en la adolescencia. Con ganas de comerme el mundo, de sentirme inspirado y de sentirme capaz de lograr cualquier cosa. Suponía que a cualquier persona le gustaría saber que es capaz de generar tantas cosas tan lindas en otra.

Otra vez domingo. Era poco después de mediodía. El día estaba más hermoso que de costumbre. Sentí el impulso de salir al parque no a jugar, a leer. Desde que Rigo estaba en mi vida no había visitado el parque para hacer lo que me gustaba antes. Me acerqué a la sección de uno de mis libreros donde tengo libros que nunca he leído, muchos de ellos conservan su envoltura. Cerré los ojos y elegí uno al azar. El libro elegido a ciegas fue “The Happiness Project” de Gretchen Rubin. Un libro en inglés que había comprado cerca de diez años atrás en una época de mi vida donde buscaba respuestas para todo. Asumo que mi vida se puso mejor después, porque ni siquiera lo había abierto. Rigo estaba dormido, pensé en dejarlo descansando y salir al parque sin él. Escuchó el ruido de la puerta y se levantó de inmediato. Rigo, vamos al parque pero no vamos a jugar, vamos a estar tranquilos. GuauGuauGuau. Le puse la correa. Caminamos hacia la esquina rumbo a la entrada tres, que es la que está cercana al corral. No había perritos jugando. El viento soplaba en armonía con el calor del sol. Al llegar al primer círculo del parque, giramos a la derecha hacia la banca delante del merendero que unos días atrás había marcado mi primer colaboración con Julieta. Puse varios cacahuates. Me senté en la banca del lado izquierdo. Rigo se acostó en el suelo cerca de mis pies. Abrí el libro en el primer capítulo *"Vitality"*. Al ser una hora y día atípico para salir al parque, no había notado lo tranquilo y vacío que estaba a esa hora. Capítulo dos: *"Remember love"*. Una pequeña ráfaga de viento me acarició la nuca provocándome un ligero escalofrío. Levanté la mirada. Por única vez antes que Rigo se levantara, vi a Julieta y a Penny caminando por el mismo lugar por el que habíamos llegado.

¡Mira Penny ahí están tus amigos Rigo y Pablo! Penny y Rigo se encontraron a la mitad del camino. Hola. Hola. Julieta traía unos lentes oscuros y playera de los Beatles. El viento hacía que sus rulos mágicos se echaran hacia atrás. Fue un milagro que nos encontráramos, normalmente no pasamos por aquí a esta hora. Nosotros tampoco, más raro aún que saliera a leer y no a jugar con Rigo.

Se hizo un silencio. No de esos que incomodan, más bien de esos que se dan cuando te das cuenta de algo. Las correas seguían entrelazadas. Por un momento mi parte racional y emocional estuvieron de acuerdo mientras miraba a Julieta. Se veía tan hermosa. En un instante pensé en todas aquellas veces en mi vida en las que me había callado, en las que no había dicho lo que sentía. Pensé que si yo veía en Julieta toda esa cantidad de cualidades y cosas lindas, cualquier otra persona lo haría. Ella era una persona extraordinaria y no sé si lo sabía, si estaba consciente de ello. No me sentía nervioso, no habría mejor oportunidad. Las palabras empezaron a fluir de mi boca hacia sus oídos.

Hola Penny ¿Cómo sigues?. Bien Rigo, gracias. ¿Cómo está la pandilla? ¡Bien! Oye Rigo. Dime Penny. Hay algo que quiero decirte, pero no te había visto.

¿Te gusta que la gente sea honesta contigo? Siempre. Qué bueno, porque en este momento voy a hacer eso. Desde hace tiempo, cuando empezamos a tratarnos más y cada día que pasa me doy cuenta que eres un ser humano extraordinario.

¿Te acuerdas del rito de iniciación? Claro que me acuerdo Penny, me corretearon todos los perros del corral por una rama, y me mojé todo con el agua que salía del piso a pesar de que no me gusta.

Eres un ser extraordinario Julieta, y con lo poco que te conozco me he dado cuenta que tú generas en mí cosas que hacía mucho no sentía.

Es que Rigo, todo eso del rito de iniciación para entrar a la pandilla no era cierto.

Estar contigo me hace sentir como un adolescente, lleno de vida. Me inspiras sin que te esfuerces, cuando me recomiendas un libro o música que es perfecta para mí.

¿No era cierto? No Rigo, todo era una broma.

Y no te digo esto para que pase algo entre nosotros, solo quiero aprovechar la oportunidad que estamos aquí, en un momento atípico para los dos para decirlo. Porque es como magia. Siento que tengo que decirlo porque eres un ser tan extraordinario que no dudo que pronto alguien más vea en ti lo que yo veo, alguien que te guste y pueda pasar que dejes de venir al parque por estar con esa persona y yo me haya quedado callado sin que supieras que me provocas todas estas cosas tan bonitas.

No entiendo Penny, fue difícil todo eso. Les dije que no me gustaba el agua y tú no dijiste nada. Pensé que éramos amigos.

Asumo que todo esto es muy raro para ti. Pero te lo tenía

que decir. Siento que me iba a estallar el pecho si no te lo decía. Sé que no tengo oportunidad contigo y quizás por eso te lo estoy diciendo. Si después de eso te alejas lo entiendo, pero tenía que decirte... decirte las cosas tan maravillosas que generas en mí.

Ya sé Rigo, por eso te lo estoy diciendo. He pensado que tenías que saberlo.

Yo no siento lo mismo que tú. Ya sé, Julieta. No te estoy pidiendo nada más que me escuches y podamos seguir conociéndonos sabiendo que me inspiras, que me haces mucho bien, que tenemos muchas cosas en común.

¿Qué pasa Rigo? ¿Por qué no dices nada?

Pues gracias. No es algo que me digan muy seguido.

No sé Penny. ¿Me hueles? Sí Rigo. Tu olor es diferente.

Así es Julieta. Quiero seguir conociéndote. Siempre había querido crear algo con alguien y eso del merendero no es algo que haga todos los días. Para mí, crear algo en conjunto es al acto más bonito que puede haber.

Solo quería decirte eso Rigo. Espero que podamos seguir siendo amigos después de esto.

Solo quería decírtelo Julieta. A veces se me desbordan las palabras pero nunca me salen ni me atrevo a decirlas. Espero que podamos seguir conociéndonos después de esto.

Julieta desenredó las correas. Ya me tengo que ir. Julieta y Penny siguieron su camino. Como ya era costumbre, me quedé observándola partir, caminando como esa sirena que ha salido del mar, como ese centauro donde ella era un extremo y Penny el otro. Me vino a la mente un diálogo de mi cuento favorito de Cortázar. Vamos a la casa Rigo. Mi perro no quiso moverse, se quedó sentado mirando hacia el camino por donde se habían marchado Julieta y Penny. Me senté en la banca. Ya no podía leer. A pesar de la incertidumbre me sentía liberado. Saqué el celular y le escribí a Julieta.

Pablo
Hola. Gracias por la plática. Esto es de Cortázar: "No puede ser que nos separemos sin antes habernos encontrado". Y pues nada, por eso la plática. Bonita tarde. :)

Julieta
Gracias a ti por la plática, por las verdades y por Cortázar. Bonita tarde para ti también.

Al cabo de unos minutos, Rigo dejó de mirar hacia el camino. Se dio vuelta y mordió su correa. ¿Ya nos vamos? GuauGuauGuau.
Por la noche le envié a Julieta el dibujo que le había hecho.

Pablo
Esto lo hice esta semana. Gracias por la inspiración.

Julieta
¡Está increíble, me encanta! Aunque nunca fue intencional, me da mucho gusto que te sirva.

Platicamos otro rato más. Me sentía con la confianza de ser más abierto con ella. Le dije que tenía un buen set de superpoderes, ella me platicó de sus plantas y cómo antes era muy mala, pero que últimamente había logrado que germinaran. Yo también era muy malo para las plantas y me recomendó algunas que podrían darse en mi casa a pesar de que no entra mucho el sol. A veces, en nuestras pláticas me gustaba decirle licenciada. Me vino una idea.

Pablo

Te voy a dar el título de licenciada en inspiración

Julieta
Ay, qué gran honor.

Pablo
Licenciada en inspiración, maestra del crecimiento de plantas y doctora en perritología social con especialidad en Dachshunds.
Buenas noches licenciada. Le dejo unos versos de un poema de Salvador Novo:
Lo menos que puedo
Para darte las gracias
Porque existes,
Es saber tu nombre y repetirlo.

Gracias Julieta. Buenas noches.

Julieta
Siempre siempre siempre, gracias por las palabras Pablo. Buenas noches. Por cierto, si te gusta la poesía contemporánea (esa sin métrica, lírica o ritmo, pero llena de sentido) te recomiendo a Miguel Gane. Específicamente los libros "ahora que ya bailas" y "con tal de verte volar". En lo personal me parecen una belleza, además que él es feminista.

Pablo
Maestría en recomendación de libros. ¿Ves? Tienes buen set de superpoderes.

Julieta
Me la voy a empezar a creer jajaja.

Me compartió la liga de los libros. Intercambiamos emojis. Puse música de Jorge Drexler y estuve acariciando a Rigo un par de horas con mi parte racional y mi parte emocional en armonía, pensando en la licenciada en inspiración.

EL MINOPERRO

Rigo, deberías estar moviendo la cola todo el tiempo. Vives bien. Tu humano se ve reluciente y su olor nunca había sido tan atractivo. Te alimentan, te sacan a pasear, ¡te dejan dormir en la cama! No todos son tan afortunados como tú y mira, callado y sin ganas. Algo me pasó desde que Penny me dijo que todo lo del rito de iniciación era una broma. ¿Sigues con eso Rigo? Pues es que ellos me ofrecieron entrar a su pandilla y ¿por qué no simplemente me dijeron que me aceptaban? Rufus levantó un poco la voz. Piensas demasiado las cosas Rigo, los perros no somos así. ¿Quién nos dice cómo debemos ser los perros? El instinto Rigo, nada más. Entonces yo no soy un perro, porque mi instinto hace que me haga estas preguntas. No Rigo, tú sabes que no. Tú mismo has dicho que nuestra labor es tener a nuestros humanos contentos y nada más.

Toby llegó jalando de la correa a su humana. ¡El minoperro! ¡Acabo de ver al minoperro! Rufus y Rigo se pusieron en alerta. ¿Estás seguro Toby? ¡Sí! Max fue el que lo vio primero. Estábamos en nuestro paseo matutino cuando Max escuchó un ladrido muy fuerte. Cerca de la fuente estaba un perro sin correa; negro, grande, así como lo describieron. ¿Y los cuernos? ¡Sí tenía! ¡Vamos a buscarlo! ¡No que miedo! ¡Anda Toby, vamos a buscarlo!

Toby está hoy muy emocionado. Seguro es porque ya quería ver a sus amigos. Me da gusto, a Rigo también le gusta venir a ver a sus amigos. Mírelos señor, todos muy atentos. Voy a soltar a Toby tantito.

No quiero ir, vayan ustedes. Max, que nunca hablaba con nosotros pero siempre estaba con Toby, me siguió. Rufus permaneció alerta pero inmóvil al lado de su dueño. Está bien, Max y yo iremos a buscar al minoperro. Seguí mi camino hacia la fuente. Mi humano estaba pendiente de mí. Me escondí detrás de los arbustos. Toby tenía razón, en el centro de la fuente, un perro negro grande, más grande que yo, más grande que Tania y Draco, estaba sentado como si la vigilara. No se veía ningún humano cerca. Sus orejas eran firmes y puntiagudas. Diferentes a las de cualquier perro que haya visto antes. El minoperro percibió mi olor, miró hacia donde yo estaba pero permaneció quieto. Avancé un poco más tratando de esconderme tras los arbustos. Una voz me detuvo. ¡Sé que estás ahí, perro! ¡Aléjate! ¡Esta es mi fuente! Mi instinto me decía que me quedara, mi humano seguía mirándome a lo lejos. ¡Hola soy Rigo! No me importa quien seas ¡piérdete perro! Cuando yo esté aquí, la fuente es mía. Max, que era más pequeño que yo, entró a una de las zonas con árboles cercana para quedar más cerca del minoperro. No intenten nada, la fuente es mía. No quiero tu fuente, solo quiero hacerte unas preguntas. ¿Y si no quieres mi fuente, por qué tu amigo está escondido detrás de los arbustos? El minoperro se levantó y caminó hacia donde estaba Max. ¡Max! ¡Sal de ahí! Max dio la vuelta pero era demasiado tarde, el minoperro se puso frente a él. ¡Te dije que la fuente es mía! Corrí tan rápido como pude. El minoperro sacó sus dientes, antes de que pudiera clavarlos en Max, logré ponerme entre los dos.

Toby y Rufus comenzaron a ladrar. Los dientes del minoperro alcanzaron mi hocico. Yo traté de morderlo pero no sabía lo que estaba pasando. El olor de mi humano estaba cerca. ¡Rigo! Sentí a mi humano jalándome del collar. El minoperro también clavó los dientes en la mano de Pablo. Algo pasó dentro de mí. Sentí el cuerpo lleno de una sensación extraña. Mi humano estaba en peligro y tenía que defenderlo. Salté hacia adelante, mis dientes alcanzaron la pata del minoperro que soltó un chillido. ¡No Rigo! Sentí nuevamente el jalón. Un humano le gritó al minoperro y se quedó quieto. Grrr Grrr ¡Ya Rigo, tranquilo!

A ver si educan a sus perros. El dueño del perro me reclamó.

Mi mano tenía sangre pero al parecer Rigo estaba bien. Mi perro no estaba haciendo nada, solo se acercó a la fuente. Debería demandarte porque tu perro le mordió la pata al mío. El perro que había mordido Rigo era un Dóberman que tenía las orejas sujetadas con cinta vendadas de blanco. Lamento mucho lo que pasó, pero tu perro me mordió la mano y no por eso te estoy amenazando con demandarte. El hombre sujetó al perro y se lo llevó diciendo groserías. ¿Estás bien Rigo? No te agarres la mano Pablo, estás sangrando. No se preocupe señora, me preocupa Rigo que también recibió una mordida en el hocico. La dueña de Max acarició a Rigo con ternura. ¡Gracias por defender a mi Max!

¡No puedo creerlo Rigo, te enfrentaste al minoperro! Sentía algo extraño en mi cabeza, me sentía lleno de energía. Max permaneció en silencio. Su humana se despidió de mi humano y Max y Toby se marcharon ¡eres lo máximo Rigo! Gracias Toby, adiós Max. Cuando se fueron Rufus me miró fijamente. ¿Lo sientes Rigo? ¿Qué? ¿Sientes esa energía recorriendo tu cuerpo? Sí Rufus ¿Sientes que la cabeza te da vueltas? Sí ¿Recuerdas eso que sentiste cuando viste a Max y a tu humano en peligro? Sí Rufus. Bueno Rigo, pues eso es el instinto. Y eso es lo que hacemos los perros, no nos andamos haciendo las preguntas que tú te haces. No lo olvides. El instinto y proteger a tu humano es lo más importante para un perro.

LIC. EN INSPIRACIÓN

A partir de esa semana, intercambiamos mensajes todos los días además de salir a platicar al parque. Nos hacíamos preguntas, nos mandábamos fotos del merendero y de la pandilla de perros atentos, contemplando a las nuevas clientas satisfechas que bajaban del árbol a degustar cacahuates.

Los domingos recorríamos el parque con nuestros perros en busca de aventuras. Mientras Penny y Rigo jugaban, nosotros jugábamos también. En una ocasión buscamos otros árboles donde pudiéramos dejar cacahuates. Julieta se subía en mi espalda para alcanzar los lugares altos para los que nuestro metro setenta no era suficiente. Convertíamos una bolsa en una pelota y jugábamos a encestarla en un bote de basura. Le mostré los juegos que tenía con Rigo y ella me mostró los suyos con Penny. Mi favorito era el de la ramita. Julieta buscaba una rama, la colocaba entre sus pies con soltura y presionaba para que un pie subiera la rama en el otro. Con la rama sobre su zapato deportivo, levantaba la pierna para lanzar la rama por los aires. Antes que esta cayera al piso, Julieta la pateaba con el mismo pie con el que la había levantado. La rama salía por los aires en una trayectoria elíptica y Penny tras ella. Como mis juegos con Rigo, no eran los tradicionales en los que el dueño permanece estático mientras el perro hace todo el trabajo. Eran juegos más democráticos, más de dualidad humano-perro que otros juegos.

¿Cómo estás Rigo? Me contaron que tuviste un enfrentamiento con un perro por ayudar a Max. Era el minoperro y estoy bien. Ya eres una leyenda en el parque, hay perros que te consideran muy valiente. Eso no es importante para mí, a los perros no nos debe interesar ser leyendas. Yo conozco algunos perros a los que sí les gusta. Oye Penny ¡Espera Rigo, ramita! Penny salió corriendo detrás de la rama que su humana le había arrojado. ¿Quieres jugar? ¡Bueno! La humana de Penny preparó otra rama, al lanzarla, corrí detrás de ella sin dejar de mirarla, la rama se acercaba a mi hocico, antes de atraparla Penny se colocó delante mío y la atrapó. ¡Muy bien Penny! Soy muy buena jugando a la ramita.

Las horas en el parque con Julieta y Penny se convirtieron en la mejor parte de mi día. Era temporada de lluvias y había ocasiones en las que no salíamos, pero la conversación continuaba por mensajes. Cada día algo nuevo. Me resultaba muy fácil sentarme a escribir o dibujar algo para Julieta. En alguna ocasión platicamos sobre las flores. Cuando salía con Rigo a su excursión por la colonia, estaba atento a las flores que había en jardineras y macetas, escogía una que me llamara la atención y se la enviaba a Julieta. Era una rutina que me gustaba y que me hacía sentir cerca de ella.

Se acercaba el cumpleaños de Penny. Tomando como referencia el dibujo que le había hecho, diseñé uno nuevo en el que aparecía con un gorro de cumpleaños. Con esa imagen mandé a hacer unos botones, de esos que se prenden en la ropa y que de inmediato te hacen sentir que has regresado a los años ochenta. Imprimí la imagen a un tamaño grande y le compré un marco. Le escribí a Penny un poema que le leí a Rigo. ¿Te gusta? Guau ¿No sabes? Guau. Saqué del ropero una camisa que hacía muchos años no me ponía y que como particularidad tenía bordada en la parte inferior la imagen distintiva de John Lennon. En algún momento de mi vida decidí que ya no estaba para andar poniéndome camisas y esa parecía casi nueva. Le compré a Rigo un corbatín morado. Como nunca lo había hecho, envolví los regalos y vi un video para aprender a hacer moños. Todo estaba listo para festejar el cumpleaños de Penny.

¿Van a salir? Sí, ya vamos hacia allá. ¡Rigo vamos al parque! Llegamos antes que ellas. Rigo se veía espectacular con su corbatín morado. Nos sentamos en la banca delante del merendero.

Estaba muy nervioso. Julieta traía una bolsa de galletas para repartir a los perritos que pasaran por ahí. Me saludó chocando mi pie con el suyo como solía hacerlo con sus amigos. ¡Rigo se ve muy guapo! Le entregué la caja que contenía los botones. Silencio. Julieta no los esperaba. Llegaron Francisco y Miguel con sus perros. Julieta les dio un botón que cada uno se puso a la altura del pecho. Poco a poco, la zona del parque donde estábamos se fue llenando de humanos y perritos que se reunieron con el único fin de celebrar a la perrita más sociable de todo el lugar.

Julieta iba de un lado a otro regalando galletas para los perritos y botones a los dueños. Yo estaba sentado en una banca diferente para no ponerme nervioso con las personas. Julieta respetaba mucho eso y yo se lo agradecía. Los humanos veían a Rigo y hacían comentarios sobre su corbatín, pero no se acercaban. Note que Rigo estaba con Toby y Max que también habían asistido a la fiesta, pero no quitaba la vista de Penny, como si la estuviera cuidando, como si estuviera pendiente que se la pasara bien, así como yo estaba al pendiente de lo mismo con Julieta.

¿Qué haces Rigo? Nada. ¿Por qué ves tanto a Penny? Draco y Tania se acercaron a nosotros. No, por nada. ¿Quieres que sea tu perra? ¡No!, ¿cómo crees? No creo que eso sea posible Rigo. ¿Por qué? De todo el tiempo que tengo de conocerla solo he visto que a Penny le guste un perro. ¿Quién? No sé cómo se llama, cuando viene yo estoy jugando por otro lado. Yo no quiero que Penny sea mi perra. ¿Entonces, por qué todo el tiempo la estás mirando y haciendo lo que ella dice? No quiero que sea mi perra Draco. Mira Rigo, te voy a dar un consejo porque eres mi cuate y parte de la pandilla. ¿Cuál? Búscate a otra perra o lo que es mejor, busca más perras con las que puedas estar. ¿Por qué lo dices? No creo que Penny para ti, vienen de mundos diferentes, ella se lleva bien con todos y tú apenas y tienes amigos. Sí es cierto. Y no te lo digo en mal plan, te lo digo porque eres mi cuate. Conoce más perras Rigo. ¿Ves? Tania también te lo dice. Aprovecha que eres famoso porque te peleaste con el minoperro y date a desear. No sé si quiero hacer eso. Bueno allá tú, pero si Penny fuera una perra para ti, ya te habrías dado cuenta. ¡Hola!, ¿de qué hablan? De nada, Penny. ¿Qué hacen aquí hablando? ¡Vamos a jugar! ¡Vamos a buscar ardillas! ¡Vamos a jugar al minoperro! ¡Vamos!

Comprobé que Julieta es más feliz cuando convive con perritos. Se veía tan contenta dando galletas y haciendo sus voces para acercarse a ellos. Estaba seguro que Penny era lo más importante en su vida, pero cuando estaba con perritos irradiaba una energía diferente. También era así cuando convivía con niños pequeños. Era como si fuera un perrito más, un niño más y eso me provocaba admirarla más.

¿A quién se le ocurrió esa jalada de "lomitos"? Como los humanos, creo que es importante socializar, aunque a veces es molesto porque hablamos de cosas que no son tan importantes, como correr y jugar en el parque. ¡Es denigrante! Yo no soy un "lomito". Mis dueños me presumen tanto con sus amistades, nunca se han referido a mi como su "lomito". Quiero a todos mis amigos, inclusive a Fanny que no deja de sentirse superior a todos, pero sus voces son como murmullos cuando Penny está con nosotros. Todos le dicen "salchicha" pero me gusta corregirlos y decirles que es "Dachshunc". Luego se burlan de mí porque lo pronuncio mal. Es "Dashung". Se vuelven a reír y me limito a decir que Penny no es salchicha. Ella me sonríe y sigue en la conversación. Yo sigo escuchando murmullos y no dejo de verla. ¡Rigo! Me ladran. ¡Rigo! ¿Tú que dices? Yo digo que deberíamos ir a buscar ardillas. ¡ardillas ardillas ardillas! Apenas decimos la palabra mágica y Penny se pone alerta, mira para todos lados. A nadie le gustan tanto las ardillas como a ella y por eso siempre propongo ir a buscarlas.

Nos escabullimos en una de las jardineras del parque. Unos pasan entre los arbustos y otros presumen su físico saltándolos. Y aunque cada uno de nosotros tiene su propia personalidad, todos los que pertenecemos al grupo nos queremos y nos cuidamos entre nosotros. Pablo me enseñó a respetar a los perros de otros grupos y a sus humanos, sin importar si ellos me echan pleito o no. Otros no son como yo o como mis amigos. A otros les gusta gritarnos de cosas y provocarnos.

Sigo atento mirando hacia arriba buscando ardillas para Penny. Los demás juegan mientras platican de sus humanos. Todos hablamos muy orgullosos de ellos. A lo lejos y pasando por un cable veo a la ardilla. Ladro. ¡Ardilla Penny, ardilla! Mi ladrido coincide con el pasar de un niño que cree que le estoy ladrando a él y se asusta. Pablo de inmediato corre hacia donde estoy. Sin regañarme ni nada, se pone entre la madre del niño y yo, y en lugar de hablar con la señora, se dirige al niño. Pablo se pone de rodillas para quedar a la altura del pequeño. Le dice que me llamo Rigo, que soy bien buena onda y que no le voy a hacer nada. El niño mira confundido a Pablo. Mi humano le extiende la mano invitando al niño a que le dé la suya. Entiendo perfectamente lo que pasará después. Lo hemos hecho muchas veces. Me siento y saco la lengua poniendo mi mejor cara. Pablo toma la mano del niño y aunque puedo oler su miedo, el niño lo está haciendo muy bien y se acerca lentamente hacia mí. Bajo la cabeza para que el pequeño apenas sienta mis rastas y sepa que no hay peligro. Su madre hace un movimiento brusco y arrebata de la mano de mi humano la mano de su hijo. ¡Te va a morder! ¡No lo toques! La mujer le pide a Pablo que me ponga la correa, toma a su hijo del brazo y caminan por la diagonal que conduce a la salida del parque.

Allá va otro que nos va a tener miedo en unos cuantos años. Ese fue Rudy, que nunca habla pero cuando lo hace no desperdicia sus palabras. ¿Por qué ladraste cuando pasó? ¿no lo viste? No lo vi, estaba buscando ardillas y encontré una para Penny. ¿Penny?

Los perritos se iban marchando con sus dueños. Penny corría de un lado a otro. Yo estaba al lado de mi humano disfrutando de su olor mientras hablaba con Julieta que tenía el olor más agradable. Penny se acercó a nosotros. Sin pensarlo, dio un salto para quedar sentada sobre las piernas de mi humano. ¡Qué bien huele tu humano hoy Rigo!, tu humana igual. Di unos pasos para quedar al lado de Julieta que puso su mano sobre mi cabeza.

Pablo, ¿me das permiso de intentar algo? Tuve una descargar de adrenalina. ¡Claro! Tiene que ver con Rigo. Por mí está bien, pregúntale a él. Julieta acarició a Rigo por la cabeza y luego por los hombros, luego lo miró. Rigo ¿confías en mi? Rigo se echó en el piso. Julieta se levantó de la banca para sentarse en el piso a un lado de mi perro. ¿Qué vas a hacer? Mira y aprende. Julieta acarició el lomo de Rigo con suavidad desde la cabeza hasta la cola. El cuerpo de Rigo se fue soltando. Eres bien tierno. Rigo movió la cabeza y tocó con su nariz el brazo de Julieta, como si le pidiera más caricias. Tranquilo Rigo. Julieta acarició a Rigo en la parte lateral de su estómago. Eso Rigo. Penny estaba sobre mis piernas, dejándose acariciar por mí, contemplando otro superpoder de su humana que sospechaba pero que yo no conocía. No tengas miedo, Rigo. Lentamente, Rigo fue girando el cuerpo hasta quedar boca arriba. Eso. Julieta había logrado lo que ni siquiera yo había podido. No podía creer que Rigo se dejara acariciar la panza.

¿Qué está pasando? Me siento relajado. Tengo sueño. ¿Qué me hace la humana de Penny? ¿Cómo llegué aquí? Sigue. Qué vergüenza, Penny me está viendo. ¿Por qué me daba miedo esto? ¿Por qué no me gustaba si es tan maravillosa esta sensación?, gracias Julieta. Ahora entiendo por qué mi humano huele tan agradable cuando está contigo.

¡Guau! Lograste que Rigo se dejara acariciar la panza. No hice nada, solo había que hablarle bonito. ¿Sabes cuántas veces lo he intentado? Pues no las suficientes. ¡Tú a la primera! Con mucho gusto. Ya descubrimos que tienes otro superpoder: encantadora de perros.

Julieta había llevado su coche en caso que fuera a llover. ¿Nos acompañan al coche? Caminamos los cuatro por la periferia hasta llegar al coche de Julieta, que estaba estacionado en la esquina más cercana a la entrada al corral. ¿Te ayudo? No, gracias. ¡Adiós Penny! ¡Adiós Rigo! ¡Feliz cumpleaños Penny! ¡Gracias por venir Rigo! Julieta abrió la puerta trasera y Penny subió al coche. Puso los regalos de Penny en el asiento. Cerró la puerta y la seguí hasta la puerta de adelante. Muchas gracias por todo, por los botones, por los regalos, por todo. Gracias a ti, gracias por desatorar a Rigo de sus cariños estomacales. Cuando gustes. Hoy fue un gran día. ¿Nos mensajeamos por la tarde? Claro que sí. Julieta subió al auto. Yo di media vuelta y caminamos por el parque hasta el primer merendero. Me topé con Julieta antes de cruzar la calle. Cruzamos miradas. Como ya se había quitado el cubrebocas pude ver por un instante la sonrisa que se dibujaba en su rostro. Era la sonrisa más grande que había visto.

Mi nuevo poema favorito no está escrito,
pero está descrito a través de mis palabras cuando hablo de ti,
está implícito en los momentos en los que te pienso
y en eso que desde hace poco habita dentro de mí y que eres tú.

No sé si lo sabes, o si tan siquiera te lo imaginas,
ese regalo que me haces siendo tú,
que sin esfuerzo me llena el cuerpo de sangre creativa
y me deja despierto cuando duermo
y hace que escuche tu voz en el silencio
y me hace soñar que vuelo dentro del agua,
que camino en el viento,
que nado en selectas partes de tus deseos.

Mi nuevo poema favorito se va creando cuando te veo,
cuando te escucho, cuando te leo.
Se construye con cada dique que pongo en el puente
que va de mi centro a tu centro.

Aunque no lo veas,

aunque no sepas que existe,
ahí está el puente,
ahí está el reflejo,
la inspiración, las tardes,
en este mundo loco, postpandémico y farsimelodramático
donde ser cursi es de valientes,
donde traer el corazón en la mano es un acto de rebeldía.

A la inspiración de los dibujos, las fotos de flores, compartir música, ponerle nombres con títulos a sus cualidades, pronto se le sumó la escritura de poemas. Siempre he sido muy malo para la poesía, pero creo que a Julieta le gustaban. Caminando por la calle con Rigo, en el supermercado, en una cafetería, el lugar no era impedimento para que me llegara a la mente un detalle que haya compartido por mensaje o en el parque con Julieta para convertirlo en un poema. Bastó con que me dijera, después de compartirle el primero, que le gustaba despertar leyendo un poema para que mi cabeza revolucionara y se convirtiera en una bonita rutina creativa escribirle algo. Hacerlo me hacía sentir más libre, con el permiso de ser quien era y manifestar lo que sentía sin pensar.

Aclaración

No sé
Si venga al caso
O no
Pero ahí voy
Porque pierde más
El que duda
Que el que
Se equivoca.

Lo que nace de mí
Y llega hacia ti
En manifestaciones de colores,
Trazos, letras y
Lo que aparece cuando te pienso
No es una conquista.

Repito,
No es una conquista
O si quiera un intento
De cortejo.

No es que no me gustes,
Que no toques mis botones
importantes sin tocarlos,
o que no quiera darte
La LUNA (así con mayúscula)
O todo lo maravilloso
que estoy seguro
Te MERECES.

Tampoco es que crea
que te haga falta,
o que lo necesites,
porque en temas de gallardía
suelo ser màs sapo
que príncipe.

Porque sé,
y lo supe siempre,
que no eres un castillo.

No eres un territorio,
no eres un objeto,
o una curiosidad
científica o no,
que quiera para mi colección.

Lo mío,
mi intención
honestamente brutal,
es construir un puente
que pase por encima
del abismo de peros,
de miedos, de prejuicios,
de los monstruos locales
que puedan conspirar
Para no encontrarnos.

¿Encontrarnos?
¿Para qué?
Para compartir
lo que nos de la gana compartir
(Libros, música, ¿saliva?)
Para crear.

Para fluir.
Para estar.
Para complementarnos
no porque estemos incompletos
sino para ser
mejores y más honestos.
¿Para ser un dueto de locos

Que andan al lado del camino?

En realidad
no lo sé.
Porque no depende solo de mi.
No tengo expectativas,
tengo ideas,
pero sí tengo claro
que quiero darme,
dejarme llevar.
Que prefiero construir
A destruir.

Aclaro.
Y estoy atento a sugerencias.

¡Kahlu! ¡Kahlu! ¡Necesito hablar contigo! ¡Hola Rigo! Kahlu. ¿Cómo va lo de tu suerte? Pues creo que va muy bien. Supe que te peleaste con un Dóberman. No fue una pelea real. Me mordió el hocico y yo le mordí la pata. Pues los perros cuentan otra cosa. ¿Sí? Dicen que te pusiste como fiera, que le arrancaste un pedazo, y le mordiste las orejas. ¡No es cierto! Eso dicen Rigo, también me dijeron que te metiste al corral y que atacaste a un indefenso perrito para quitarle una rama de la boca. ¡Eso tampoco pasó así! Ten cuidado Rigo, aunque los perros te respeten, los humanos pueden pensar que eres un perro agresivo. ¡No lo soy! Ya lo sé, por eso te digo que tengas cuidado. Gracias por el consejo, pero quería hablar contigo de otra cosa. Dime Rigo. Estuve en el cumpleaños de Penny. ¿Qué es eso? Es cuando muchos perros se reúnen a jugar. Kahlu soltó una risa. ¿Y luego? Pues que en el cumpleaños de Penny, Draco me dijo que esa perra no era para mí. ¿Y luego? Me dijo que yo debería tener opciones y buscar estar con otras perras. ¿Y luego? Pues ya, eso. ¿Y cuál es tu pregunta? Pues quiero saber qué opinas, si crees que debo hacer lo que dice Draco. ¿Sabes Rigo? Creo que ya sé cual es tu suerte. ¿Cuál? Tu suerte es ser el perro menos perro que existe. No te entiendo. Creo que tienes que pasar menos tiempo con tu humano y más tiempo con otros perros. No te entiendo Kahlu. Ya me vas a entender. Bueno, pero no me has dicho nada de lo que te estoy preguntando. Yo creo que ya te enamoraste de Penny y si no te lo había dicho te lo digo ahora, LOS PERROS NO SE ENAMORAN Rigo. ¿Conoces a algún otro perro que se haya enamorado alguna vez? Solo a uno. Tal vez deberías buscarlo, pero hay un asunto. ¿Cuál? Ese perro es el Dóberman que mordiste. Ayayay. Así es Rigo. ¿Y tú no me puedes ayudar? No. Pero tú eres la que sabe del amor y esas cosas. No Rigo, yo no sé nada de eso. Pero tú me dijiste que me iba a enamorar de Penny. ¿Estás enamorado de Penny? No lo sé. Te gusta. Sí. Bueno, pues sigue el consejo de Draco, o busca al Dóberman.

Estábamos en el parque platicando con la pandilla de Julieta. Rigo estaba haciendo un hoyo en la jardinera frente a la banca de reunión. Penny lo miraba y Draco y Tania iban y venían a la fuente. Julieta nos estaba contando su día. Sacó de su bolsa cacahuates para ponerlos en el merendero. Al intentar pasar por los arbustos, pisó algo que provocó que se resbalara y cayó al piso boca abajo. De inmediato caminé a ayudarla. Se apoyó en mi brazo. ¿Estás bien? Julieta se reía de su caída. Esto es típico de mí. Fernando se acercó también. Estoy bien, gracias. Seguíamos platicando pero Julieta se quejaba de la pierna y el pie. ¿Segura que estás bien? Estoy bien, de verdad.

¿Para qué estás haciendo ese hoyo Rigo? Voy a guardar

una galleta. ¿Por qué no te la comes mejor? Para eso es, para comérmela después. ¡Qué gran idea! Yo no entierro cosas, me gusta más perseguir ardillas y jugar. Después del cumpleaños de Penny se me había ocurrido una idea. A los perros les gustan las galletas, si cada vez que alguien me diera una galleta la enterrara, podría tener muchas galletas. Si alguna vez Penny tiene hambre o se le antoja una galleta, podría desenterrar una y dársela. Eso podría hacer que ella se diera cuenta que me gusta y que me interesa que esté bien alimentada. Tania se acercó. Ese es un mal plan Rigo. ¿Cuál plan? Estás pensando en enterrar una galleta para después dársela a Penny. ¿Cómo sabes? Es obvio Rigo, pero ese es un mal plan. Si quieres quedar bien con Penny, atrapa una ardilla para ella. ¡Jamás podría atrapar a una ardilla! Bueno, te voy a dar un consejo mejor. ¡A ver! Deja de querer agradarle a Penny y busca a otras perras. Eso ya me lo había dicho Draco. ¡Pues hazlo! ¿Pero cómo? No sé, pero hazlo Rigo.

Rigo enterró su galleta. Fernando y Miguel se fueron. ¿Te acompaño? Sí, gracias. Era evidente que a Julieta le dolía algo. Caminamos muy despacio con nuestros perros rodeando la fuente y por el camino que pasa por las canchas de baloncesto, aquel camino que tuve tanto miedo de recorrer meses atrás cuando me atreví a saludarla y surgió la idea del merendero. Al llegar al límite del parque, justo en la esquina que conduce hacia la cafetería, Julieta se detuvo. ¿Cómo está tu pie? Mi pie está bien. ¿Te acompaño hasta tu casa? No, muchas gracias. Bueno, al menos déjame acompañarte cruzando la calle. No es necesario, de verdad. De cualquier forma nos vamos a cruzar la calle porque tengo que ir al mini super. Está bien. La avenida tenía un semáforo que duraba aproximadamente treinta segundos para los peatones. De las cuatro calles que rodeaban el parque, esa era la más peligrosa para los perros. Ven Rigo, con cuidado. Al llegar al otro lado de la calle, Julieta se detuvo de nuevo. Listo. Muchas gracias por ayudarme a levantar cuando me caí. Nada que agradecer, me gustaría hacer más. Oye Rigo. ¿Qué pasó Penny? ¿Te habías dado cuenta? ¿De qué? Es la primera vez que estamos juntos fuera del parque. No es cierto Penny, al principio nos veíamos afuera de mi casa y no es el parque. No Rigo, esto es diferente, ahora estamos más cerca de mi casa. Tienes razón. ¡Logramos escapar del laberinto! Porque tú venciste al minoperro. Oye Penny ¿Tú te has en... ¡Vámonos Penny! ¡Adiós Rigo! Penny tenía razón. Nunca habíamos estado tan lejos de este lado del parque. Tampoco me había dado cuenta que cuando miras a Penny marcharse, no mira hacia atrás.

Con la caída, Julieta tuvo que permanecer en su casa. Las conversaciones por mensaje aumentaron. Podíamos estar seis o siete horas platicando hasta que nos alcanzaba la hora de dormir. Fue en esas pláticas donde más nos conocimos. Supe de su curiosidad por hacer cosas con vinil, aquella vez que decidió que se dedicaría a la fotografía perruna o aquella ocasión en la que editó un libro. Julieta tenía el mismo adn de creatividad que yo o quizás mayor, pero por alguna razón no nos habíamos sentido libres de explotarlo. ¿A qué le teníamos miedo?

Pablo
¿Cuál sería tu trabajo idea?

Julieta
Creo que sería escribir reseñas de libros.

Pablo
Suena a un trabajo fenomenal.

Julieta

Ay sí. ¿el tuyo?

Pablo
A mí me encantaría tener un negocio de creatividad.

Julieta
¿Algo así como una agencia de publicidad?

Pablo
No exactamente. Algo más personal. Las agencias de publicidad están limitadas a ciertas cosas. A mí me gustaría hacer algo más íntimo y con menos restricciones.

Julieta
¿Cómo?

Pablo
Imagínate un lugar donde podamos ofrecer servicios como ese de fotografía perruna. Que nos contraten para hacer photoshoots de perritos y luego convertirlos en álbumes, videos, etc. O alguien que quiera hacerle un regalo especial a su abuelita y escribir una obra de teatro breve contando la historia de la abuela y ayudarle a la familia a representarla. O un dibujo, o recuerdos para una fiesta. Imagínate poder vivir de crear, de hacer lo que te gusta, pero para la gente, no para grandes empresas.

Julieta
¡Ya entendí! ¡Estaría increíble!

Pablo
Creo que tú y yo podríamos ser excelentes socios en un negocio así.

Julieta
¿Tú crees? Yo soy pésima para cobrar :P

Pablo

Yo también, por eso podríamos ser socios. Y dividirnos el trabajo, que tú hagas lo que te gusta, y que yo haga lo que me gusta. Y lo que no nos gusta o no aceptamos el trabajo, o rifamos a ver quién lo hace o mitad y mitad.

Julieta
¡Se ve que lo tienes bien pensado!

Pablo
Sí. Creo que lo que hace falta es el empujón inicial. Ese que casi nadie se atreve a dar. El que hace que las cosas se queden solo en sueños.

Julieta
¡Pues hazlo!
Me hubiera encantado decirle que lo hiciéramos juntos, que ella podría ser el empujón que necesitaba y yo el suyo. Pero no lo hice.

Pablo
¿Jugamos "Basta"?

Julieta
Bueno.

Pablo
¿Digital o con hojita a la antigüita?

Julieta
¿Se puede digital?

En ese momento tomé mi tableta. Abrí una nueva presentación con diapositivas y le inserté una tabla. Nombre, flor o fruto, país o ciudad, animal ¿qué otra categoría? Cosa. Volví "colaborativa" la presentación e invité a Julieta a editarla. No fue difícil ponernos de acuerdo. Alguno escribía en el chat la letra que tocaba y cuando alguno terminaba sus categorías, escribía un conteo de veinte segundos en el chat. Al terminarse el tiempo, regresábamos a la presentación y comparábamos respuestas. Ella revisaba las mías y yo las de ella. Las comentábamos en el chat. Nos reíamos virtualmente, gozábamos. Creo que de todas las cosas tan bonitas que había vivido con Julieta, esa había sido mi noche favorita.

Pablo
¿Cómo sigue tu pie? ¿Qué haces?

Julieta
Muy bien. Estoy viendo mi musical favorito.

Pablo
¿Cuál es tu musical favorito?

Julieta me compartió los videos de la obra. Era fantástica y con música de un grupo que a mí me gustaba mucho. Tres horas después me había quedado fascinado. De verdad era una maestra en recomendaciones. Me comentó que esa semana lo había visto varias veces. Yo le propuse que así como en el juego de Basta, viéramos cada quién la obra en su casa, y mientras la veíamos hiciéramos comentarios de los momentos que más nos gustaran. Al poco tiempo, la obra se convirtió también en mi favorita y un vínculo más que me conectaba de una forma única a Julieta. Un tipo de conexión que no había experimentado con ninguna otra mujer.

¡Hola Rigo! ¡Hola Penny! ¿Estás enterrando galletas otra vez? ¡Sí! ¿No quieres jugar? ¡Sí! ¿A qué jugamos? ¡Enséñame a bailar! Pero yo solo sé bailar con mi humano. ¿No me puedes enseñar a bailar? Seguramente tú bailas con tu humana. ¡Pero yo quiero que tú me enseñes a bailar! Es muy probable que Penny haya detectado mi cambio de olor. Está

bien Penny voy a intentarlo. ¡Sí!
Rigo se puso de un solo movimiento en dos patas. Sin perder el equilibrio dio dos pequeños saltos girando el cuerpo. ¡Mira a Rigo! ¡Está bailando! A mí se me hace que está seduciendo a Penny.
Ay Rigo, esto es más difícil de lo que pensé. Rigo se acercó a Penny. A ver, apóyate en mi lomo. Penny se levantó y recargó sus patas delanteras en la parte lateral de Rigo. ¿Y ahora Rigo? Y ahora yo ladro y tú te mueves. Penny empujaba sus patas delanteras una tras otra en el costado de Rigo. ¡Mira a Penny! ¡Le está dando masajito a Rigo! ¡Te digo que Penny tiene complejo de gato! Le voy a tomar video. ¿Lo estoy haciendo bien Rigo? ¡Excelente! Penny comenzó a ladrar ¡Mira mamá estoy bailando!
Me encanta que nuestros perros se lleven tan bien. ¿Crees que sea posible que así como tú me inspiras Penny inspire a Rigo? Ay, seguramente. Penny inspira a cualquiera. Tienes toda la razón, creo que ella bien podría ser licenciada en perrinspiración.

HOME

Estamos arriba de un escenario con piso de madera. Del lado izquierdo, Julieta frente a un micrófono (lo cual parece ridículo porque a ella no le gusta el "spotlight"). Penny delante de ella mirando a la gente del público. Todos los del parque están ahí como espectadores con sus respectivos perritos. Maya, Toby y Kahlu por ejemplo llevan correa. Draco, Tania, Rudy y otros más están sueltos pero tranquilos, expectantes a que inicie lo que va a iniciar. Todos llevan mascarilla (los perritos no). A la derecha del escenario Rigo, contemplando a Penny como si ella y él fueran los únicos seres vivos en el lugar. Detrás de Rigo estoy yo, consternado, incómodo, preguntándome qué estoy haciendo ahí. Es curioso, es como si Julieta y yo hubiéramos intercambiado roles. A mí me gustan mucho los escenarios, sentir la energía de la gente mirándome mientras les digo algo me hace sentir bien. Me hacen sentir visto. Algo que mis padres nunca hicieron. Pero en este momento me siento aterrorizado por sentirme expuesto.

La luz que nos ilumina no es la de una representación teatral o un concierto. Es más bien la luz de una sala de estar. Puedo ver perfectamente los rostros cubiertos de todos los vecinos esperando disfrutar de lo que va a pasar que al parecer, todos saben qué es menos yo. De pronto, Julieta mira hacia un lado buscándome. Yo siento su mirada y la miro de vuelta con extrañeza. Se ve tan hermosa. Ella siempre se ve tan hermosa. Me sonríe y me hace un guiño. Casi me desmayo. Se coloca frente al público (nuestros vecinos y sus perritos) y de su boca salen seis melodiosos silbidos que me hacen entenderlo todo.

Julieta está silbando el inicio de la canción "Home" de Edward Sharpe & The Magnetic Zeros. De algún lado sale la música que acompaña su silbido, que como flautista de Hamelin ha logrado que todos los vecinos y sus perris guarden silencio y concentren toda su atención en ella. Yo no sé cómo llegamos ahí, pero sé que estamos en una especie de concierto y que Julieta y yo vamos a cantar juntos la canción. La consternación se me olvida y mi estómago vibra un instante. Voy a cantar con Julieta, vamos a cantar juntos. ¿Por qué? ¡Qué importa!

Alabama, Arkansas
I do love my ma and pa
Not that way that I do love you

Julieta me mira mientras canta su estrofa. Apenas escucha su voz a través del micrófono, Penny empieza a moverse de un lado a otro al compás de la música. Sigo yo. Voy a cantar.

Well, holy moly, me oh my
You're the apple of my eye
Girl, I've never loved one like you

Rigo no puede creer que estoy cantando tan bien. Él me acompaña con saltos alegres y su cola de látigo. Julieta y yo nos miramos al cantar. ¿Qué no es eso lo que hacen los actores cuando están en un musical? No es perceptible, nadie lo ve, pero sé que mi estómago irradia la luz más brillante y pura que pueda existir.

Man, oh man, you're my best friend
I scream it to the nothingness
There ain't nothing that I need

Penny y Rigo se acercan al centro del escenario. Los perritos espectadores empiezan a ladrar de emoción. Julieta saca el micrófono del pedestal mientras canta, se dirige al centro del escenario detrás de nuestras respectivas mascotas.

Well, hot and heavy, pumpkin pie
Chocolate candy, Jesus Christ

Ain't nothing please me more than you

Mientras canto mi parte sé que tengo que ir al centro del escenario con Julieta, Penny y Rigo. Se acerca el coro. Vamos a cantar juntos.

Oh, home, let me come home
Home is wherever I'm with you
Oh, home, let me come home
Home is wherever I'm with you
La, la, la, la, take me home
(Daddy) Mother, I'm coming home

Penny y Rigo bailan y mueven la cola al unísono. Repentinamente cuando Julieta y yo entonamos el coro, ellos empiezan a ladrar al ritmo. Es como si los cuatro estuviéramos conectados y nos hiciéramos uno. Los vecinos no paran de aplaudir y gritar. Los perritos no dejan de ladrar. Todos estamos contentos. No hay alguien que la esté pasando mal. Es como si se tratara de un sueño.

Al llegar a la parte hablada de la canción, siento que algo se apodera de mí. Empiezo a hablar y le pregunto a Julieta reemplazando la letra de la canción:

"Julieta"
"Pablo"
"¿Recuerdas esa vez que te caíste en el parque?"
"Claro, fuiste corriendo a ayudarme"
"Bueno, de pronto ya no te vi y pensé que te habías lastimado y nos sentamos en la banca donde siempre nos sentamos a platicar, ¿te acuerdas?"
"Sí, me acuerdo"
"Bueno, hay algo que no te he dicho de ese día"
"¿Qué no me has dicho?"
"Mientras estabas sentada en la banca, diciendo que tienes miles

de achaques, que tu colitis, que siempre te pasa de todo, en ese momento,
me estaba enamorando profundamente de ti.
Y nunca te había dicho, hasta hoy"
"Aww"

Se me había desbordado el valor. Una vez más había dejado mi corazón expuesto ante Julieta. Todos estaban en silencio escuchando lo que le decía. Inclusive Penny y Rigo estaban inmóviles. Nadie, ni siquiera yo creía lo que acababa de hacer.
Oh, home, let me come home
Home is wherever I'm with you
Oh, home, let me come home
Home is where I'm alone with you

Nunca había visto a tanta gente tan contenta. Creo que más bien nunca había visto a tanta gente tan contenta por mí. Mi cuerpo estaba tan lleno de adrenalina. Me sentía tan invencible que podría tomar a Julieta entre mis brazos y besarla como si fuera la fotografía de Alfred Eisenstaedt. Pero no podía hacer eso sin su permiso, era importante que ella quisiera que la besara.

Canté con todas mis fuerzas y la entonación más angelical:

Home, let me come home
Home is wherever I'm with you

Ella cantó de la misma forma:

Oh, home, yes, I am home
Home is when I'm alone with you

La última parte de la canción ya nadie la escuchó. Todos aplaudían. Penny y Rigo brincaban juntos y tan alegres como si por fin hubieran atrapado una ardilla. El lugar se llenó de luces moradas y verdes. Cerré brevemente los ojos, respiré profundo y miré hacia el otro lado del escenario buscando los ojos de Julieta.

Ella me miraba, sonreía de la forma que me encanta, cuando parece que su boca no puede contener tanta alegría y sus mejillas empequeñecen como pasas. La saludé ondeando mi mano desde mi lugar. Ella levantó su brazo y contrajo el dedo índice de su mano izquierda. Quería que fuera hacia allá. Cerré nuevamente los ojos y al abrirlos la gente había desaparecido. Estábamos solo los cuatro y el silencio cómplice de la sonrisa de Julieta. Caminé hacia ella, paso a paso procurando no romper el silencio. Al estar muy cerca me detuve, extendí mis brazos cuarenta y cinco grados de mi cuerpo con las palmas extendidas.

Quisiera estar a dos pasos de ti.
Y que uno sea tuyo y que el otro sea mío.

No sabía que me iba a responder, solo veía su sonrisa dibujándose en el rostro, como la sonrisa de alguien que encuentra algo que llevaba buscando algo desde hace mucho tiempo, como quien sabe que tiene la razón.
Julieta dio un paso al frente acercándose cada vez más a mi cuerpo. Yo di el paso restante. Puso sus manos en mis hombros e inclinó su cabeza hacia la mía. Mis manos dejaron de obedecerme y la tomaron de la cintura. Nuestros cuerpos embonaron. No fue difícil sentir el intercambio de energía, la electricidad transmitida a través de nuestras manos y potenciada por su suéter rojo y mi playera de lana. Lentamente y sin más preámbulo, sus labios rozaron los míos.

Desperté.

LA LISTA

Me gusta hacer listas. Para escribir tengo listas de características de los personajes para no perder el hilo. La lista del súper. La lista de cómics que he vendido. La lista de cómics que tengo disponibles para vender. La lista de mis palabras favoritas. La lista de las fechas de las consultas de Rigo con su dogtor, la lista de cosas que no puede comer, la lista de cosas que lo hacen vomitar. La lista de canciones favoritas. Lista de películas favoritas y lista de películas que no voy a volver a ver nunca o a recomendar. Lista de alimentos y su índice calórico. Tengo una lista de palabras que me dan risa. Lista de las cosas que me gustan de las mujeres. Lista de cosas que me gustan de mí. Lista de mis restaurantes favoritos. Lista de cosas que tengo que hacer antes de morir. Lista de contraseñas que nunca debo utilizar en una cuenta.

Las listas me ayudan a darle perspectiva a las cosas que me pasan y aclarar mis ideas y mis pensamientos. En alguna ocasión, hace muchos años en una borrachera memorable con mis compañeros de la escuela de escritores, fui haciendo una lista de las cosas que hago cuando estoy ebrio y me desagradan. Obviamente me olvidé de todas ellas al día siguiente y fue la lista la que me permitió llevar conteo de las tarugadas que hice.

De niño mi madre me hacía escribir constantemente cosas que me decía. Haz una lista de estas cosas mijo, te van a servir para entender cómo funciona el mundo. Yo no entendía en ese momento por qué me lo decía. Antes de salir de casa, fuéramos a donde fuéramos no me dejaba salir si no llevaba mi libreta, mi lápiz del número dos y mi sacapuntas por aquello de las emergencias. A ver mijo, vamos a comprar cosas para vender, apunta: el lápiz labial hace tus labios más deseables para los hombres. Las sombras de los ojos pueden usarse para comunicar la intención más tierna o el instinto más salvaje. ¿Lo anotaste? Sí ma. Perfecto. Nos íbamos al centro en metro. A ver mijo, haz una lista de todas las estaciones en el orden en el que están. Estaciones de la línea dos: Cuatro Caminos, Panteones, Tacuba, Cuitláhuac, Popotla, Colegio Militar, Normal, San Cosme, Revolución, Hidalgo, Bellas Artes, Allende, Zócalo, Pino Suárez, San Antonio Abad, Chabacano, Viaducto, Xola, Villa de Cortés, Nativitas, Portales, Ermita, General Anaya, Taxqueña. ¿En cuál nos vamos a bajar? En el Zócalo.

Un día cualquiera, mi madre podría preguntarme algo y yo podría responderle accediendo a la lista correspondiente de lo que me estuviera preguntando. Cuando no sabía la respuesta, ella me decía el nombre de la lista en la que debería buscar. Las palabras habladas se las lleva el tiempo Pablín, pero las palabras escritas perduran casi para siempre. Puedes pretender u olvidar que dijiste o que alguien te dijo algo, pero al escribirlo permanece ahí, esperándote para tener sentido cuando sea leído por ti o por alguien más.

Cuando mi madre empezó a perder la batalla contra el Alzheimer, fueron mis cuadernos de listas y datos que yo pensaba inútiles los que le ayudaron a tener una vida un poco más llevadera. Cuando la visitaba, le leía alguna lista al azar así como ella me leía un cuento antes de dormir. Sus ojos se iluminaban, le gustaba escuchar los datos que juntos habíamos recopilado a lo largo de los años. De vez en cuando recordaba el lugar en el que me había pedido que escribiera esa lista, a veces recordaba algunos elementos, otras recordaba el contexto en el que me había pedido que la escribiera. Eso era algo que nos unió hasta sus últimos días. El día que mi madre murió, tomé todas las libretas menos una y las puse en un contenedor de metal para quemarlas hasta convertirse en cenizas. Después del velorio, pedí que sus cenizas se mezclaran con las de las libretas. Mi padre lo consideró absurdo, pero finalmente accedió.

Durante muchos años dejé de hacer listas. En algún cumpleaños alguien me regaló una libreta e intenté replicar muchas de las listas que me sabía de memoria y que se habían mezclado con las cenizas de mamá. Fue como si una parte de mi cerebro se hubiera reactivado. A partir de ese momento retomé el gusto por crear listas.

Era pues de suponerse que elaboraría listas con respecto a Julieta.

Razones por las que Julieta y yo deberíamos estar juntos

1.- Podemos crear muchas cosas juntos:

a) Libros. Yo escribo y ella corrige y maqueta.

b) Comederos para ardillas, pajaritos, etc. Ambos armamos, yo construyo, ella pinta.

c) Sesiones fotográficas para perris. Ambos tomamos fotos, ella revela y arma el álbum.

d) Arte en vinil. Creo que ella puede hacerlo todo, pero le ayudaría en lo que me pidiera.

e) Videos animados en los que haríamos voces de los personajes y yo las ilustraciones. También haría la edición porque a ella no le gusta editar video.

f) Muñecos cosidos.

2.- Nuestras vidas ordinarias son compatibles.

a) A mí me gusta trapear y barrer, a ella no.

b) Me choca lavar los trastes, a ella no le molesta.

c) A ninguno nos gusta comer con las manos.

d) Nos gustan los musicales, las películas de Disney y las de superhéroes (no tendríamos problema para decidir qué ver).

e) Nuestros perros se llevan bien.

f) A ninguno nos gusta convivir con mucha gente.

3.- Somos vecinos, pero no tan vecinos como para estorbarnos.

4.- Compartimos gustos musicales, ambos somos melindrosos para comer.

5.- Físicamente tenemos cuerpos compatibles:

a) Medimos prácticamente lo mismo.

b) Los dos tenemos nariz grande. Eso resulta muy práctico al momento de besarse.

c) Ella es flaca. Yo no tanto, pero nos amoldaríamos perfecto en un abrazo. Para cucharear en la cama también (si es que a ella no le desagrada eso).

6.- Ambos luchamos por las mismas causas.

7.- Ambos le tememos al compromiso (ella más que yo).

8.- Ella busca defender sus argumentos y opiniones a toda costa. Yo busco entender y enriquecer mi opinión con la de los demás. Esa mezcla permite evitar conflictos grandes.

9.- Ella es impaciente, yo tengo toda la paciencia del mundo.

10.- Soy dueño de mi vida y de mi tiempo, no tengo hijos o compromisos previos arrastrando. Mi único compromiso es Rigo, pero el número dos de esta lista inciso "e" aclara que no hay problema con ese punto.

11.- Podemos mensajearnos durante horas sin problema.

12.- Yo tengo toda la disposición de conocerla y aceptarla como es. De hecho, ya acepto lo que conozco de ella.

13.- Ninguno quiere tener hij@s.

14.- Nos gusta jugar. Nuestro niño interior es más exterior que el de otras personas.

15.- Ella me inspira sin esforzarse.

16.- Confía en mí y yo confío en ella.

17.- No tenemos amigos en común. Podemos crear un mundo/ espacio de cero.

Rigo, ¿No crees que debería hacer la lista de las cosas por las que Julieta y yo no deberíamos estar juntos? ¡Guau! Tienes razón Rigo, creo que no es momento de hacerla.

JULIETA

Abres los ojos. La noche ha sido generosa contigo. Tú no la ves, pero la luna sigue ahí, velando tu sueño. El pequeño gran ser que ha sido la cura a todas tus ansiedades te está esperando. Te comparte su amor, lo tiene por montones. ¿Desayuno para ella? ¿Café? Recibes la llamada de otra parte de ti. Platicas con ella. Tu amiga. Aquella que salvaste de los peligros del kayak. Por tus venas corre sangre color Pantone 3278 o 009B77 cuando lo hexadecimal se apodera de tu mundo. ¿En qué piensas? Aunque estás hecha de rock and roll te da por pedirle a Alexa una canción de Melendi. ¿Un capítulo para desayunar?, ¿redes sociales? Te pones al día con los mensajes de todos lados. No te gusta seguir las reglas pero hay rutinas que te dan equilibrio. Los libros. Cualquiera quisiera tener la ósmosis literaria que tú tienes. El cabello es violento al despertarse. ¿Quién vive ahí? Has dejado durante mucho tiempo que te gobierne la cabeza. ¿Un gorro? Para cuando no quieres que el mundo te vea. ¿Hace frío? Sudadera con capucha. Un suéter que te viene bien. Eres delgada, cualquier ropa te viene bien, siempre y cuando te guste. Una playera divertida, claro porque no tienes playeras aburridas. ¿Qué te provoca la mezclilla que tienes varia ropa de esa tela? Calcetines divertidos. Si me dan asco los pies al menos quiero ver algo lindo cuando mire hacia abajo. Me cuento un chiste y río. Echarme en el sillón. Bañarme. ¿Lavar los trastes? Vamos a jugar con Penny. Hoy me voy a delinear los ojos. Vamos a trabajar un rato. ¿Qué es ese punto que se ve en el techo? Las pequeñas cosas. Tengo tiempo para leer. Ocurrencia. No estoy de acuerdo, no es cierto, no es así. Chócalas Penny. ¿Dolor? La espalda, la cadera. Soy achacosa. Fallé como millennial. Un perrito es hermoso. Qué hueva. Ya se dieron en la madre. A ese pinche coche le sonaba todo menos el claxon. Dame tiempo. Es mucha responsabilidad para mí. Letras de vinil. ¿Si ese muñeco hablara cómo sería su voz? Me da repele el contacto físico. Eso sonó turbo bizarro. ¿De qué se trataría un capítulo de un libro que llevara mi nombre? ¿Qué le importa? No tengo que dar explicaciones. Primero yo. Necesitamos tranquilidad. No me da miedo, es que no quiero. Ese sonido en el oído nunca se va a quitar. Quiero salir corriendo. Estoy harta. ¡Qué bonito es ese perrito! Me voy a morder los padrastros. ¿Por qué me explotan las plumas en las manos? Ya me comí las uñas. Jugar con Penny. Salir al parque y jugar con los perritos. ¿Inspiro? A veces todo me agobia. La vida te va a mandar las señales. Primero yo. ¿Qué estoy haciendo? Estoy muy bien sola. No necesito dar explicaciones. No quiero que me protejan. Un moño en el pelo. Puta pandemia. El pasado. Los recuerdos. No me gusta el compromiso. Música. Más música. ¿Quién eres? Razón. La razón es la que te evita el dolor. No pienses. No sientas. Siente. Penny. Se fueron. Se fue. Mis amigas. La foto. El recuerdo. No me gusta tanto lo dulce. Perritos. No me voy a enamorar de él.

BATIJULIETA Y PENNYROBIN

¿Qué opinas de Batman? Batman es un buen superhéroe Julieta, pero ninguno como Spider-man. ¿Pero qué opinas de Batman? Me gusta que es un personaje atormentado y solitario, que sea multimillonario, eso le permite tener todos los recursos para defender a Ciudad Gótica del crimen. A mí me gusta Batman, Christian Bale ufff guapísimo mi amor. Sí, Christian Bale creo que es uno de los mejores actores que han interpretado a Batman. ¿Sabes? Ahora que lo pienso hay muchísimas historias de Batman que me gustan mucho. Me gusta además que a pesar de ser un tipo que aparentemente es frío e inquebrantable sin darse cuenta ha ido creando la familia que nunca tuvo. ¿Cómo? Robin por ejemplo. El primer Robin es un huérfano adoptado por él. Cuando el primer Robin creció, adoptó a Jason que resultó ser como la oveja negra. Batgirl, Batwoman, Batwing, cinco Robins, eso muestra que por muy solitario que sea, en el fondo Batman quiere tener una familia y necesita gente a su alrededor. ¡No sabía que había cinco Robins! Además está la cuestión del amor. ¡Batman no tiene pareja! En sus películas siempre sale con intereses amorosos pero la cosa no sale bien nunca. Es que para Bruce esas mujeres no le atraen porque son parte de su vida de millonario, pero Catwoman, ella sí que es un interés amoroso para Batman. ¿Sabías que en los cómics estuvieron a punto de casarse? ¡No sabía! De seguro se rajó a la última hora. Pablo negó con la cabeza. ¿Fue ella? Sí, en un enfrentamiento con el Joker la convenció que si ella y Batman se casaban, él iba a dejar de ser quien es. ¡Qué interesante!

Unos días después de la conversación, Julieta publicó una historia de Instagram donde salía frente a un espejo con una playera con el símbolo de Batman. Le escribí de inmediato. ¡Tengo una idea! ¿Qué te parece si te tomo unas fotos en el parque con tu playera y Penny, y luego las edito para ponerte máscara de Batman y a Penny disfraz de Robin? ¡Me encanta la idea!

Nos vimos a la hora de parque. Fernando estaba de viaje lo que significaba que sería día de aventura y no solo de escuchar las pláticas sin saber qué decir y opinar. Unos minutos antes de la hora Rigo y yo salimos a esperarlas a la banca del merendero. Nos saludamos y nos sentamos unos minutos para que Penny y Rigo jugaran un poco. ¿Estás lista? ¡Lista! Saqué mi celular y le tomé algunas fotos de prueba, quería que se sintiera relajada y que fuera esa Julieta simpática y sin tapujos que provocaba que mi corazón se estremeciera. Si en la ocasión anterior que le tomé fotos no quería que posara, ahora todo se trataba de buscar la pose perfecta para poder transformarla en Batman con edición. Apenas se quitó el cubrebocas Penny y Rigo se abalanzaron sobre ella para recibir los cariños que solo Julieta sabía darles. Me sentía tan alegre, tan completo. No sentía los nervios que normalmente aparecen cuando hay otras personas a nuestro alrededor. Le tomé algunas fotos rascándole la panza a Rigo y otras chocando patas con Penny. Bueno muchachos, vayan a ver a las ardillas porque es la hora de la sesión de fotos. En un momento los llamamos para que hagan su aparición.

Oye Rigo ¿Tú sabes que es eso que hacen nuestros humanos cuando nos ponen enfrente su cosa esa y nos dicen que nos quedemos quietos?¿Lo hacen muy seguido verdad? No sé que hagan, pero sé que después de hacerlo lo hacen otra vez y otra vez hasta que el olor les cambia. Rufus dice que se llaman fotos y que son unas cosas que los humanos guardan en sus cosas esas y luego se las muestran a otros humanos. ¿Fotos? ¿Como cuando encuentro un insecto en el parque y te lo enseño? No sé, supongo que sí. Los humanos son maravillosos, pero a veces no los entiendo. Yo tampoco Penny. ¿Jugamos a las carreras? ¡Sí! ¡El último que llegue al árbol tiene cola de ardilla!

Necesito que hagas tu pose más heroica. ¡Soy Batman! Julieta levantó la espalda, alzó el cuello y se llevó las manos a la cintura. ¡Eso! Tomé una foto. Bueno, ahora sonríe. Julieta sonrió y acompañó el gesto levantando las cejas. Espera, espera, estoy buscando el mejor ángulo. Tomé un par de fotos más. Muy bien, es momento de traer a Robin. Lo difícil será hacer que se quede quieta para la foto. ¡Penny, ven! Penny acudió de inmediato al llamado de Julieta. Rigo fue tras ella. ¡Rigo ven, me vas a ayudar a tomar la foto! Rigo se echó en el piso justo a mi lado. Cuando volví a mirar a Julieta, ella ya estaba dando vueltas alrededor de Penny tarareando la clásica melodía de la serie de Batman de los años sesenta. ¡Tara rara rara rara rara rara rara, Batmaaaaaaan! Por suerte alcancé a tomar un breve video de su interpretación. Muy bien, ahora las dos mirando a la cámara. Julieta, recuerda tu actitud heroica. Sísí. ¿Listas? Un instante antes de tomar la foto, Penny empezó a caminar hacia Rigo.

Rigo, ven a la foto. Pero Pablo me dijo que me quedara aquí junto a él. Ándale ven. ¿Qué hago? Mi humano quiere que esté aquí a su lado pero, Penny quiere que vaya con ella. ¿Qué es esto que me está pasando en el estómago? ¿Tengo hambre? ¡Rigo ven a la foto! Giré la cabeza para mirar a mi humano, necesitaba su aprobación para ir hacia donde estaba Penny. Pablo estaba contemplando a Julieta. Tenía que hacer algo. Muy despacio me levanté del piso y avancé hacia Penny. Pablo seguía mirando a Julieta. Di otro paso mirando a mi humano. Ninguna reacción.

¡Mira a Rigo, quiere salir en la foto! ¡Qué lindo! Pablo desvió la mirada. Su olor cambió un poco. ¿Quieres salir en la foto Rigo? ¡Anda ve! Me dirigí hacia Penny. ¿Qué pasó, por qué tardaste tanto? Desobedecí a mi humano, eso no está bien. Ay Rigo pero no te dijo nada. El olor de Pablo volvió a ser el mismo, pero yo seguía sintiendo algo raro en el estómago.

¡Listo! Quedaron increíbles. Pablo y Julieta siguieron tomando fotos. En silencio, regresé al árbol a esperar a que bajara alguna ardilla. Penny me siguió. ¿Qué pasa Rigo? No sé, siento algo raro y tiene que ver contigo. ¿Conmigo? Sí. ¡Vamos a jugar otra vez! Vamos. Desde ese momento, cada vez que miraba a Penny sentía muchas ganas de mover la cola. Me sentía con mucha energía, su olor estaba presente todo el tiempo en mi nariz aunque se alejara a buscar insectos. ¿Qué pasa Rigo, no quieres jugar? ¡Claro que quiero! ¿Entonces? ¿Alguna vez te ha pasado que quieres hacer algo que es diferente a lo que tu humana quiere que hagas? ¡Todo el tiempo! ¿Y lo haces? Lo hago cuando no está, pero todo el tiempo está conmigo. ¿Pero alguna vez lo has hecho porque otro perro quiere que lo hagas? Rigo, ya olvídate de lo del rito de iniciación. No lo digo por eso Penny. ¿Entonces? Voy a preguntarlo de otra forma. Bueno, pero después de tu pregunta ya nos vamos a jugar. ¿Alguna vez has sentido que lo que quiere un perro de ti es más importante que lo que tu humana quiere? Penny inclinó la cabeza como si tratara de entender la pregunta. No Rigo, y no conozco a ningún perro, y mira que conozco a muchos, que me haya contado algo similar. Los humanos son lo más importante en la vida de un perro. Así es Rigo. Sí. ¡Anda vamos a jugar!

Nos pusieron nuestras correas. Era hora de irse. El olor de Julieta y de Pablo era muy agradable. Mientras andaba al lado de Penny quise acercarme más. Nuestras correas se enredaron pero Pablo y Julieta siguieron caminando. Sentir mis patas rozar el cuerpo de Penny me hacía mover la cola. Hoy fue un buen día Rigo, a pesar de tus preguntas. ¿Sigues sintiéndote raro? Sí Penny. Bueno, que eso no te impida sonreír y recuerda que tu hogar es donde tu humano esté. Esperamos la señal para cruzar. Al llegar a la zona donde ellas se marchan, Penny se acercó y me lamió la cara. Mi cuerpo se quedó quieto. Eso es para que te sientas mejor, eres lo máximo Rigo. ¡Mira, Penny y Rigo ya son bien amigos! ¡Sí! Que tengas bonita tarde. Te mando en un rato las fotos. Hasta ese momento, yo no había entendido por qué mi humano se quedaba parado ahí si Julieta y Penny ya se habían ido. Paralizado, me quedé mirando a Penny marchando hacia su casa. Es un momento que no creo que los perros o los humanos sean capaces de describir a la perfección. Se marcha, pero algo se queda en ti. Como si una correa que no puedes ver se extendiera desde donde tú estás hasta la perra que ves alejarse, que no mira para atrás, que quizás no percibe el lazo invisible pero ahí está.

Regresamos a la casa y el olor de Penny aún no se disipaba. Sentía un piquete en el cachete donde me había lamido, como si la sensación se repitiera una y otra vez. ¿Quieres pizza Rigo? Guau ¿No estás seguro si quieres pizza? Guau. Bueno, pues comemos en un rato. ¿Me quieres acompañar mientras edito las fotos de Batijulieta y Pennyrobin? GuauGuauGuau. Perfecto, ven.

Me senté en la cama y Rigo se echó sobre mis piernas. Me envié las fotos a la tableta y comencé a editarlas. ¿Qué te parecen Rigo, te gustan? GuauGuauGuau. Mira, este eres tú, te puse como Krypto, el perro de Superman. No te pareces pero me estoy tomando una licencia artística. Mi tableta estaba llena de dibujos y de fotos que había hecho inspirado por Julieta. Verlas todas y cada una de ellas me remitía de inmediato al momento en el que habían sido concebidas. Tomé una de las fotos de Julieta con las manos en la cintura y la junté con una de Penny. Les quité el fondo y lo reemplacé por un fondo del color favorito de Julieta, Pantone 3278.

Envié las fotos y adjunté la de Rigo como Krypto. Como con las fotos y dibujos anteriores, nunca pedí la opinión de Julieta ni me preguntaba si le habían gustado o no. Creo que ella sabía que estaban creadas desde su inspiración y aunque quizás le resultaba difícil entender que no tuviera que "hacer nada" para que me inspirara, cada dibujo, cada poema, cada fotografía de flores que recibía en sus mensajes de mi parte diariamente, no eran una muestra de mi mediano/poco/mucho talento, sino una manifestación viva de lo que una persona puede ser capaz de generar en otra.

LA JULIETINHA

Le propuse a Julieta tomar fotografías de todos los perritos que salían a jugar a la misma hora que nosotros para hacer un álbum que sirviera como demo para una posible oportunidad de reactivar su idea de hacer "Photoshoots" de perros. ¡Me encanta la idea! Puedo llevar galletas para que los perritos salgan más contentos en las fotos. Muy bien licenciada, excelente plan. Nos reunimos en la banca del merendero. Los primeros en posar para la foto fueron obviamente Penny y Rigo. Con celular en mano, esperé a que Penny se colocara frente a los arbustos. Me senté en el piso y coloqué el teléfono en posición vertical. Tomé la foto. ¿Te gusta? Sí, pero ¿qué pero le pones? Te voy a compartir un truco milenario. A ver. ¿Alguna vez has intentado tomar una fotografía con el teléfono al revés? No entiendo. Julieta se sentó en el piso a mi lado. Mira, si pones el celular como tú lo pusiste, la cámara queda a varios centímetros del piso, pero si volteas el teléfono, la cámara queda casi a ras. Órale. Mira, toma una foto. Siguiendo las instrucciones de Julieta, tomé una foto de Rigo sentado aproximadamente a un metro de mí. A ver. ¿Ya viste cómo le da una perspectiva extraña a las fotos? ¡Sí! Muchas gracias por el truco. ¡Con mucho gusto!

La zona de reunión se llenó de dueños y perros, casi tanto como el día del cumpleaños de Penny. Julieta y galletas era una combinación irresistible para los caninos del parque. Julieta fue abordada por tres perros a la vez, se pararon en dos patas y se recargaron en sus piernas. Penny vio la escena y se acercó. Me encantaba saber cuando Julieta sonreía debajo del cubrebocas. Le tomé una foto mientras imitaba los movimientos de Penny tratando de recargarse en sus piernas. Justo después de tomar la foto, un hombre mucho más joven que yo se acercó a mí. Hola, tengo el alimento ideal para tu perro. Soy representante de "carniguau" una empresa familiar que se dedica a la elaboración de comida saludable para tu perro ¿te interesaría que te cuente más? Hola, te agradezco muchísimo pero no por el momento. ¿Te puedo dar una pequeña muestra de "carniguau"? Eso sí, claro. En la etiqueta viene mi nombre y whatsapp, si te interesa con mucho gusto me mandas mensaje y nos ponemos de acuerdo. Claro que sí, muchas gracias. Seguí tomando fotografías. El joven se acercó a Julieta y repitió su discurso. Ella se mostró interesada en la información. Pasaron varios minutos y el joven seguía platicando con ella. Mi parte racional estaba segura que no eran celos. Mi parte emocional no lo estaba tanto. Otros minutos más y me acerqué. Al recibir en sus manos la muestra de "carniguau" el joven pidió su número. No te apures mira, pásame el tuyo y yo te escribo hoy mismo. Ella anotó el contacto del joven "carniguau" en su teléfono. ¡Muchas gracias, me da gusto que a una mujer tan bonita le interese tanto el bienestar de su perrito! Julieta no contestó. El joven muy contento se marchó a otras zonas del parque.

Creo que fueron cuatro o cinco pasos los que el joven dio hacia otra dirección cuando Julieta se dio la vuelta hacia donde estaba yo, borró el contacto que según yo había capturado tan interesada y puso en mi mano la muestra de comida. ¿Lo quieres para Rigo? Yo no le voy a dar a Penny esta cosa. Sacó nuevamente la bolsa de galletas y fue detrás de unos perritos que se le habían ido mientras platicaba con el joven.

Por la noche y mientras organizaba las fotos que tomé a los perritos, me vino a la mente la escena que presencié con el joven y Julieta. ¿Qué había sucedido? A pesar de todos los días que habíamos convivido, al menos dos horas de forma física y cientos de horas por mensaje, nunca habría pensado que Julieta podía fingir interés. ¿Habría hecho algo así conmigo? Antes que mi parte racional pudiera sabotearme y atormentarme, elegí pensar que Julieta confiaba en mí; Tanto como para mostrarme que podía decir una cosa y pensar otra totalmente distinta.

Para dejar de pensar, usé la foto que le había tomado por la tarde y la convertí en un dibujo.

En alguna parte de mi subconsciente, mi parte racional decidió registrar el acontecimiento y nombrarlo para cuando fuera necesario como la "Julietinha", haciendo referencia a esas jugadas únicas que hacen los jugadores de futbol y que los distinguen de los demás.

Pablo
¿Qué tal las fotos de los perritos? ¡Gracias por el truco!

Julieta
¡Están geniales!

Pablo
¿Y el dibujo?

Julieta
Me encanta. Pero está raro que salga con cubrebocas, ¿no?

Salimos a jugar al parque. La banca del merendero estaba ocupada y nos mudamos a la más cercana a la entrada número cinco, la entrada quizás más bonita, la que solo son árboles grandes y frondosos sin ningún otro elemento como canchas o capilla. Julieta nos presumía su playera que tenía una leyenda que decía "Pinche covid". Sobre la playera vestía una camisa azul deslavada y en ella un pin del lado izquierdo a la altura del corazón que decía "I (corazón) Chicago". Sus rulos mágicos caían a los lados y los de la parte central de su cabeza estaban sujetados por una liga amarilla y una color carne. Jeans y unos converse rojizos. Julieta estaba sentada con las piernas cruzadas sobre la banca. Yo estaba sentado a su lado. Rigo junto a mí, sentado en el piso y Penny acostada en las piernas de Julieta. Voy a tomarle fotos a Penny aprovechando que la tengo aquí cerquita y tú la tienes dominada. Le tomé fotos de todos los ángulos. Julieta se quitó de la muñeca una pulsera que le acababa de comprar a un niño y la puso sobre la cabeza de Penny. ¡Foto de Penny con pulsera en la cabeza! Foto a su pata, foto a Penny mientras le rascaban la panza, foto a sus ojazos. Julieta ¿te puedo tomar una foto a ti para después dibujarte? Claro, si quieres me quito el cubrebocas.

Julieta guardó la mascarilla en una bolsa escondida en la parte interior de la camisa. Yo ya estaba de pie tomando fotografías. Era maravilloso poder ver su cara en su totalidad. Foto de Julieta sonriendo, foto de Julieta levantando la ceja. Le pedí que no posara y ella me dijo que no lo estaba haciendo. Foto de Julieta y Penny de perfil. Foto de Julieta y Penny en tres cuartos. Como las primeras veces que las vi, humana y perra parecían un mismo ser separado en dos cuerpos. Si Julieta miraba hacia un lado, Penny también.

Parecía que estaban sincronizadas. Catorce fotos después, tenía mucho material para dibujarlas y el inspirómetro por los cielos. Me imaginé un dibujo de Julieta como una sirena, nadando hacia lo desconocido con Penny, también como sirena nadando contenta en el fondo del mar disfrutando la vida. En la parte inferior del dibujo, las plantas que Julieta había logrado hacer crecer.

En casa, frente a la tableta con la aplicación de dibujo abierta, mi parte racional y mi parte emocional estaban en armonía. Ese día entendí por qué para mí ellas eran tan especiales. No solo era la inspiración. Era la magia de las pequeñas cosas. El juego de basta o ver al mismo tiempo a la distancia hnmpl, acariciar perritos o jugar a encestar una bolsa de plástico en un bote de basura. Eran cosas que quizás a nuestras respectivas edades otras personas jamás se habrían permitido hacer. Las pequeñas cosas que me hacían feliz en un mundo pandémico donde todo pinta negativo. Las pequeñas cosas que me dejaban ser niño, adolescente, fotógrafo, dibujante. Las pequeñas cosas que me hacían sentir vivo. Las pequeñas cosas que me dejaban ser yo, sin miedo.

ELLA ES MAGIA

Los días contigo son simples. Empiezan con nosotros deseándonos los buenos días, de ahí cada quién hace sus cosas y ocasionalmente, si algo nos llama o consideramos importante para que el otro lo sepa nos escribimos, nos buscamos y es solo un momento.

¿Dónde estarán nuestros amigos? Penny me pregunta mientras yo hago un hoyo en el piso para enterrar otra galleta. No sé. ¿Qué enterramos? Pablo y Julieta están sentados en la banca donde regularmente se sientan a vernos jugar. Sus olores me indican que estaremos un buen rato por aquí. Tu humano me cae bien. Tu humana me cae muy bien a mí. ¿Vamos a buscar insectos para enterrar? No tengo ganas de enterrar algo, mejor vamos a buscar ardillas.

Tú haces tus cosas, yo trabajo. Cuando dan las cinco ya he liberado mi agenda para poder preguntarte si van a salir al parque. Si dices que sí, me alegro, me preparo, intento pensar que ese será un día donde no me quedaré callado, donde sabré qué decir y no me pasmaré viéndote, escuchándote y acariciando perritos. Es el momento más vivo del día, donde cada día puede convertirse en una pequeña aventura en el parque, en una conversación larga sobre un tema, un paseo o un intercambio de opiniones o filosofías (cuando no me quedo callado). Te acompaño a la esquina, te veo marchar con Penny, pero no me entristece porque sé que lo que sigue son largas pláticas de mensajes, intercambio de memes, fotos, canciones de hnmpl, series, juegos, datos del pasado o cualquier otra cosa que nos conecta un poco más. Trato de dejarte leer, y aunque no estemos mandando mensajes todo el tiempo sé que estás ahí, te siento ahí, al otro lado del la red. Después las buenas noches. Tenemos tantos mensajes que podríamos hacer un libro. Una nueva versión del género epistolar pero con memes y stickers.

Mira mira mira una ardilla. Es bien bonito ver a Penny levantar su pata delantera cuando ve acercarse a una ardilla. Yo no tengo esa gracia. Yo solo me emociono mucho y muevo la cola. Ahí viene. No hagas ruido. Viene bajando. La voy a atrapar. Penny, la ardilla se dio la vuelta. Está del otro lado del árbol. Shhhh no me distraigas, la voy a atrapar. ¿Qué vas a hacer el día que atrapes a una? La voy a volver mi amiga. ¿Cómo? Quiero que juegue con nosotros. Yo podría atraparte una ardilla. ¿Y qué sentido tendría que la atraparas para mí? Tengo que ser yo. Es más, yo atrapo a la ardilla y tú le preguntas si quiere ser nuestra amiga, eres mejor para eso que yo. No, aquí la buena para hacer amigos eres tú. Eres buena onda Rigo. Tú eres lo máximo Penny. Sí, lo soy.

Si resumimos las acciones, mensajear y verse dos horas en el parque no suena como a una vida extraordinaria. No, no lo es. Y eso es lo que más me gusta. En la cotidianeidad, en pláticas normales, en bromas, en lo que sea que compartamos, lo que me hace sentir que todo es extraordinario eres tú.

Oye Rigo ayúdame. Dime, ¿Qué hago? Tengo un plan. Colócate de un lado del palo y háblale a la ardilla, distráela. ¿Y qué le voy a decir? ¿Cómo sé que me van a entender?. Pues tú eres muy bueno para eso, tu humano te ha enseñado los secretos para que las ardillas confíen en ti. Bueno, voy a distraer a la ardilla tratando de hablarle ¿Y luego? Pues mientras tú la distraes, mientras baja a platicar contigo yo me acerco lentamente a ella y ¡guau! la atrapo para le preguntes si quiere jugar con nosotros. ¿Y no es más fácil que nada más le pregunte? Penny dejó de mirar hacia arriba y se acercó a mí. ¿Y qué diversión hay en eso? Si la interrogas antes no la vamos a poder atrapar. Pues eso sí. No se trata solo de hacerla nuestra amiga, también atraparla es importante. ¡Ardilla! ¡Atento Rigo!

Eres tú el elemento que le da lo sobresaliente a mi día. Y sabes que no necesitas esforzarte, que muchas veces ni siquiera notas todo esto, pero eso eres. No necesito estar viviendo contigo experiencias extremas, no hace falta conocer lugares exóticos o vernos todo el tiempo para sentirte aquí. No necesitas esforzarte para hacer mi día algo para recordar o para escribir. Eres magia. Y no te pido nada más que aceptes que así es. Que dejemos que fluya y que sepas que yo estoy aquí para apoyarte, y que mi intención no es estar de visita en tu vida sino quedarme, como sea que queramos o que nos toque estar.

Hola ardilla, soy Rigo, ¿lo estoy haciendo bien Penny? Sí sí, gánate su confianza. Ardilla, solo queremos platicar, no corres peligro. ¡Eso Rigo! La ardilla se sigue acercando. Me preocupa que no me conteste, no sé si la ardilla está entendiendo lo que le digo. ¡Confía Rigo! Lo estás haciendo bien. Si baja señorita ardilla, estoy seguro que podemos convencer a nuestros humanos de dejarles más y mejores cacahuates en el menú. Está muy muy cerca. Casi lo logramos Rigo. La ardilla me mira y se me acerca, creo que de verdad está confiando en mí. Eso Rigo, estoy lista para saltar. Ardilla, ardilla bonita, vamos a ser amigos.

Julieta permaneció en silencio. Se levantó de la banca y comenzó a caminar. Penny y yo reconocimos de inmediato el cambio de olor en ella. Algo no estaba bien. Dejamos la misión a un lado y Penny fue detrás de Julieta. Yo me puse a un lado de Pablo, mi correa quedó tirada en el piso a un lado de la banca delante del merendero.

Pasaron unos segundos antes de saber qué hacer. Mi primer impulso fue levantarme e ir tras ella. No sabía qué decirle, no sabía qué estaba pasando, tenía tantas ganas de tomarla de la mano, pedirle que se detuviera y al detenerse abrazarla, decirle que la quería pero no lo hice. De pronto el parque dejó de ser un parque y se volvió un laberinto. Julieta caminaba y yo caminaba tras ella, pero no decíamos nada. Al llegar a la esquina, Julieta se agachó para ponerle la correa a Penny, acarició a Rigo en silencio y cruzó la calle.

Parecía un paseo, pero no era divertido. Los olores de Pablo y Julieta se mezclaban para formar un olor aún más desagradable. Yo veía a Penny andar delante mío, en silencio. Yo caminaba junto a mi humano y como él, tampoco sabía lo que estaba pasando. Era como si humano y perro nos hubiéramos vuelto uno solo. Habíamos llegado al borde de la acera y yo no traía la cuerda que me da la señal que puedo avanzar. Creo que por un momento Pablo se olvidó que yo estaba ahí. Se cruzó tras Julieta y lo contemplé mientras se cruzaba al otro lado.

Julieta se detuvo al otro lado de la calle. Estábamos parados en el límite donde ella sigue caminando hacia su casa y Rigo y yo las vemos alejarse. Me sudaban las manos. Mi respiración estaba alterada. Julieta se había detenido, pero no me decía nada. Lo único que pudo salir de mi boca es ¿Qué pasa? Dejaste a Rigo del otro lado de la calle. Sin despedirse, Julieta se dio vuelta y siguió su camino. Solo Penny giró su cabeza para verme y a Rigo a lo lejos.

¡Penny me miró! Pablo está del otro lado oliendo mal. Me necesita. Quiero acercarme y ver marcharse a Penny desde más cerca. Veo a mi humano haciéndome señas. ¿Qué dice? ¿Que avance? ¿Que no avance? No puedo quedarme aquí. Voy a cruzar.

¿Qué haces Rigo? No, no te cruces ¡No!

No dejo de mirarla. Y aunque mi entusiasmo está en llegar a donde se encuentra mi humano, quiero ver alejarse a Penny como todos los días. Unos cuantos pasos en el piso incómodo por donde pasan los monstruos de cuatro ruedas y los escucho venir. El olor de Pablo aumenta. ¿Qué está haciendo? Pablo corre hacia mí. Muevo la cola para saludarlo. Corro hacia él. Lo que sigue sucede en instantes. Nos encontramos a la mitad del camino. Pablo me extiende las manos como cuando jugamos al "baile del perrito". ¿Qué está pasando? El sonido agudo de los monstruos de cuatro ruedas me indica que se han detenido, seguido de un golpe seco. Mi humano alcanza a cubrirme con sus brazos y su espalda recibe la mayor parte del impacto. El cuerpo de mi humano es aventado hacia adelante, su cuerpo le pega al mío. Duele muchísimo. Todo se ha detenido. Pablo cae al suelo. Aunque me duele todo, me levanto y me pongo a un lado de mi humano que parece dormido. Más sonidos agudos de monstruos de cuatro ruedas. Estamos rodeados. Veo a humanos con sus perros mirándonos a la distancia ¿Qué está pasando? Me duele todo. Pablo no abre los ojos. Yo quiero irme a casa, quiero ver una cara conocida. Quisiera que Kahlu o Rufus estuvieran aquí para decirme qué hacer. Creo que percibo el olor de Penny, pero es difícil saberlo con tantos olores a mi alrededor. Veo pies y piernas de humanos que están cerca. No reconozco lo que dicen. Pablo despierta por favor. Vámonos a casa. Voces, olores, todo se confunde con el dolor que siento. Quiero ver a Penny, pero quiero que Pablo despierte. Estoy cansado. El último sonido que alcanzo a distinguir antes de cerrar los ojos, es el que se escucha por las noches y que nos levanta a todos los perros por lastimarnos las orejas.

AL OTRO LADO DEL CAMINO

PERSONAJES

JULIÁN.- HOMBRE DE 50 AÑOS

RUFO.- PERRO DE JULIÁN.

EL ESCENARIO ES UNA PLATAFORMA DE MADERA QUE SIMULA UNA PENDIENTE ALTA. ESTÁ A DOS METROS DEL SUELO APROXIMADAMENTE, DIVIDE LA ZONA DE BUTACAS EN DOS. JUSTO EN EL CENTRO DE LA PLATAFORMA DEBERÁ HABER UNA PARTE REMOVIBLE. LA PLATAFORMA CRUZA LAS GRADAS Y DESEMBOCA EN EL ESCENARIO. DEL LADO DERECHO ENTRA RUFO, PERRO LAZARILLO DE JULIÁN. CORRE POR EL ESCENARIO Y CRUZA LA PLATAFORMA. LA PARTE CENTRAL DE ELLA SE DESPRENDE, DE FORMA QUE LA PLATAFORMA QUEDE DIVIDIDA EN DOS PARTES CON UNA DISTANCIA MAYOR A UN METRO ENTRE ELLAS. RUFO SALE POR EL OTRO LADO. ENTRA JULIÁN, EN UN CARRITO PARA DISCAPACITADOS, LE FALTAN AMBAS PIERNAS Y LA MANO DERECHA, ADEMÁS ES CIEGO. VISTE CHAMARRA VIEJA Y ROTA, MEZCLILLA Y LENTES OSCUROS. EN SU MANO LLEVA UN BASTÓN PARA CIEGOS CON EL QUE CON ESFUERZO SE IMPULSA PARA HACER AVANZAR EL CARRITO. DENTRO DEL CARRITO HAY UNA BOLSA CON COMIDA Y UNA BOTELLA CON AGUA. JULIÁN SE DETIENE AL LLEGAR AL ESCENARIO.

JULIÁN.- ¡Rufo! ¡Rufo! ¿Dónde andas condenado perro? (SILBA) Anda chiquito ven, ya se te acabó tu hora de correr ¡ven chiquito por favor! (JULIÁN SE ARRASTRA EN EL CARRITO HASTA LA ORILLA DEL ESCENARIO) ¡Rufo!

RUFO ENTRA CORRIENDO POR DONDE SALIÓ, SE DETIENE A LA ORILLA DE LA PLATAFORMA, LADRA.

JULIÁN.- ¡Rufo! ¿Pues que hacías que no venías? (SILENCIO. JULIÁN PONE EL BASTÓN EN EL PISO Y BUSCA CON LAS MANOS AL PERRO) ¿Dónde estás? (RUFO LADRA) ¡Ah ya te oí! ¡Ven acércate! (RUFO TRATA DE OBEDECER A SU AMO, PERO NO SABE CÓMO SALTAR HACIA EL OTRO LADO) Me estás haciendo enojar ¿eh Rufo? Si no quieres venir, entonces yo voy. (SE INCLINA CON ESFUERZO PARA TOMAR SU BASTÓN, VA A APOYARLO PARA SEGUIR AVANZANDO, PERO YA NO HAY SUELO PARA SEGUIR. VUELVE A PONER EL BASTÓN EN EL PISO, SIENTE EL PISO CON LAS MANOS, DESCUBRE QUE DELANTE DE ÉL NO HAY NADA). ¿pues en dónde estamos, Rufo? ¿seguro que por aquí llegamos a casa de mamá? No recuerdo haber pasado por ningún precipicio la última vez que vine, claro, eso fue hace más de veinte años... y antes de que me atropellara el trailer... ¡Rufo! ¿qué de plano no piensas venir? (RUFO LADRA, JULIÁN TOMA SU BASTÓN, LE DA VUELTA AL CARRITO Y SE DESPLAZA UNOS METROS POR LA ORILLA DEL ESCENARIO) Mira Rufo, ya sé que estás enojado porque te traje hasta acá, pero debes entender que mi mamá se está muriendo y quien sabe cuánto tiempo más me pueda durar, tengo que verla antes de que muera, quiero pedirle perdón por haberme alejado tanto tiempo (RUFO LADRA). Sí, ya sé que tú no sabías nada y que te traje sin preguntar a esta tierra olvidada por Dios, pero mira, mientras más pronto lleguemos, más pronto nos vamos; así que ven a ayudarme para que sigamos nuestro camino. (SILENCIO) ¡Ay Rufo! De veras que eres bien caprichoso (JULIÁN PONE EL BASTÓN EN EL SUELO, CON SU MANO BUSCA

LA BOLSA DE COMIDA, SACA DE ELLA UNA PIERNA DE POLLO, EXTIENDE SU MANO OFRECIÉNDOLA) Ahí está, toma. Te voy a compartir de la comida que le traje a mamá, y mira que me estoy portando bien porque saliendo de la central te comiste toditita tus croquetas, ándale, con tal de que me lleves ya. Está haciendo frío y no traje tu suéter. (RUFO MUEVE LA COLA, HACE EL INTENTO DE SALTAR HACIA EL OTRO LADO PERO NO SE ATREVE, SALE Y REGRESA, SE ACUESTA EN EL FILO DE LA PLATAFORMA) ¿Tampoco quieres comer? ¿Bueno, y entonces qué te traes? (PAUSA) ¿No te habrá pasado algo, verdad? Porque si no ya la amolamos...no...estarías chillando si eres bien marica. A ver, ladra (RUFO SE LEVANTA Y LADRA) Ah mira, si sí obedeces, entonces es otra cosa. (PAUSA) A ver, ladra otra vez, voy a ver si puedo llegar hasta donde estás. (RUFO LADRA) Es por aquí, espera Rufo, si te pido que ladres ladras ¿eh? JULIÁN TOMA EL BASTÓN Y ARRASTRA EL CARRITO HASTA LLEGAR A LA PLATAFORMA) ¿voy bien? (RUFO LADRA, JULIÁN SE DESPLAZA LENTAMENTE SOBRE LA PLATAFORMA) Mira si no estoy tan mal, yo creí que me estaba quedando sordo ¿te acuerdas lo que nos dijo el doctor la semana pasada? "Don Julián, sentimos informarle que su cuerpo no quedó bien, le pronosticamos a lo mucho un año de vida" y yo "pero doctor, ¿no se supone que estaba yo bien? Digo, dentro de lo que cabe" y el doctor "Sus órganos quedaron funcionales por un tiempo, no hay nada que podamos hacer por usted, le recomiendo que disfrute el año que le queda" ¡nos dieron dinero Rufo! ¡Mucho dinero! Como si el dinero fuera a devolverme las piernas... mi brazo... mis ojos... (JULIÁN CASI HA LLEGADO A LA PARTE DE LA PLATAFORMA DONDE SE DIVIDE) Pero bueno, ya ni llorar es bueno ¿no lo crees? ¿Ya andas por aquí verdad? Ya puedo oler tu aliento de perro ¡fuchi! Si pudiera ver te juro que te lavaba los dientes, bueno, si pudiera ver no serías mi compañero... mejor que sea así. (JULIÁN ESTÁ A PUNTO DE LLEGAR AL FILO DE LA PLATAFORMA, RUFO LADRA INCESANTEMENTE) Sí chiquito, ya sé que hice lo que se te pegó la gana, ya estoy cerca, a ver, veme diciendo por qué no ibas con tu amo que te quiere y te adora (EL CARRITO SE SALE UN POCO DE LA

PLATAFORMA, RUFO DEJA DE LADRAR). ¿Rufo? ¿Porqué te quedaste callado? ¿Qué pasa Rufo? (JULIÁN RECONOCE EL CAMINO CON EL BASTÓN, DESCUBRE QUE A SUS LADOS Y AL FRENTE HAY VACÍO) ¡Épale! (JULIÁN RETROCEDE CON MUCHO CUIDADO) Perro inteligente, te quedaste callado para que no me cayera. ¿Estás del otro lado verdad? (RUFO ladra) ¿Cómo llegaste allí? Bueno eso es lo de menos, ahora hay que ver cómo te sacamos. (JULIÁN SE INCLINA HACIA DELANTE, CON EL BASTÓN MIDE LA DISTANCIA ENTRE LAS DOS PLATAFORMAS) No pues sí está difícil. ¡Ay Rufo! En los líos que te metes... que nos metemos. Te prometo que si salimos de esta no te vuelvo a soltar para que corras. ¿Puedes ir a pedir ayuda del otro lado? (Silencio) Tienes razón, cómo te van a entender, eres un perro... No, y que tal que te vas y te encuentras a un dueño mejor y ya no regresas... y yo me quedo solo... No mira, ya sé, mejor yo regreso y pido ayuda (RUFO ladra) ¿sí verdad? Y cómo le voy a hacer para reconocer el camino... y el carrito no es tan grande como para que sirva de puente... ¡Rufo! ¡ayúdame a pensar! No me dejes solo en esto. (SILENCIO) Bueno, podemos esperar a que pase alguien y nos ayude... Ya está haciendo frío... no, no es buena idea; podemos hacernos viejos esperando (RUFO ladra) bueno, más viejos. (SILENCIO. RUFO SE ACUESTA EN EL PISO) Ni modo Rufo, la única solución es que saltes. (RUFO CHILLA) Ni modo mano, yo tampoco quería, ya sé que te da miedo saltar pero a mí me da miedo que te quedes del otro lado ¿qué? ¿lo intentamos? (RUFO CHILLA) Ándale Rufo, un saltito, no está tan lejos, no sé que haya allá arriba, pero me supongo que no es muy alto. (SILENCIO) Sale pues, si no quieres intentarlo pues mejor me voy, te quieres quedar allí toda la vida y a mí solo me queda un año. (JULIÁN EMPUJA CUIDADOSAMENTE EL CARRITO HACIA ATRÁS. RUFO LADRA) Perdóname, pero no me dejas otra opción... claro, a menos que quieras intentarlo. (RUFO SE LEVANTA Y LADRA) ¡Ese es mi perro! Venga, que yo te ayudo. (JULIÁN LE HACE SEÑAS CON LA MANO. RUFO SE PARA EN EL FILO, DA VUELTAS) ¡Ven Rufo! ¡Vamos, tú puedes! Si lo logras te prometo que nos vamos a la casa y no te vuelvo a traer. (RUFO CAMINA HACIA

ATRÁS COMO PARA TOMAR VUELO, JULIÁN TOMA LA BOLSA CON COMIDA, SE LA EXTIENDE) ¡Anda Rufo! ¡Tu amo y un pollito! ¡Y solo con la condición de que saltes! ¡Vamos Rufo! ¡Rufo! ¡Rufo! (RUFO DA VUELTAS, LADRA, PEGA UN BRINCO Y LLEGA AL LADO DONDE ESTÁ JULIÁN, SE DETIENE DE ESPALDAS AL FILO, JULIÁN LLEGA, RUFO LE MUEVE LA COLA, LE LAME LA CARA) ¡Deja de besarme! Qué va a decir mi madre cuando me vea llegar con aliento canino. (JULIÁN LE COLOCA A RUFO LA CORREA) Bueno, ya que se te pasó el capricho ¿me puedes hacer el favor de llevarme con mamá? (RUFO LADRA) ¿no quieres, verdad? (JULIÁN LO ACARICIA) Ay Rufo, creo que eres más inteligente que yo. (RUFO LADRA) ¿Sabes que mamá no fue a verme al hospital ni una sola vez? Claro, estaba muy lejos, el doctor me dijo que él personalmente vino hasta acá para avisarle, yo no creí que no hubiera querido verme, pero después me mandó una carta diciéndome que lo que me había pasado seguramente me lo tenía bien merecido por haber sido tan mal hijo. (RUFO SE SUBE AL CARRITO, SE ACOMODA JUNTO A JULIÁN Y SE ACUESTA) No, pues me queda claro que no quieres ir. ¿Quieres pollito? (JULIÁN TOMA LA BOLSA Y SACA LA PIERNA DE POLLO, LA PONE JUNTO A RUFO QUE COME) Como que yo también ya tengo hambre (DE LA BOLSA SACA UN MUSLO, LE DA UNA MORDIDA, HABLA CON EL BOCADO) No sé, para serte sincero, yo tampoco tengo ganas de llegar, digo, es mi madre y le debo mucho, pero estoy seguro que si aún vive utilizará las fuerzas que le queden para reprocharme que no he estado con ella ¿tú crees, Rufo? ¡Me fui a los 30 años y ella quería más! (LE DA OTRA MORDIDA AL MUSLO DE POLLO) No Rufo, como que ya no estoy para estos trotes. (RUFO SE TERMINA LA PIERNA, SE LEVANTA Y BAJA DEL CARRITO, CON EL HOCICO TOMA LA CORREA) ¿Tú que dices, nos vamos? (RUFO LADRA) Ven, no sueltes la correa (RUFO SE ACERCA A LOS PIES DE JULIÁN, ESTE LO BUSCA CON SU MANO, LO ACARICIA, LO ABRAZA) Gracias, Rufo. (JULIÁN TOMA SU BASTÓN, LE SUJETA LA CORREA, RUFO AVANZA JALANDO EL CARRITO CON JULIÁN ARRIBA, SALEN POR LA DERECHA).

OSCURO.

DESPERTAR

¡Mi perro! ¿Dónde está mi perro? Hola, ya despertaste. ¿Dónde estoy? ¿Dónde está mi perro? Tranquilo, todo está bien. Es que no entiendes, necesito saber dónde está mi perro. Me levanté de la cama. Señor no se levante por favor. Mi teléfono. ¿Me puede dar mi teléfono? Usted llegó sin teléfono. Ay sí no me diga, quiero mi ropa y mi teléfono por favor. Señor tranquilo, necesita descansar. ¿Cuánto tiempo llevo aquí? Entraron más personas a la sala, me sujetaron y me inyectaron algo. En unos segundos cerré los ojos.

¡Mi perro! ¡Rigo! Hola, ya despertaste. ¿Dónde estoy? Señor, necesito que no se levante de la cama. No, pero tengo que ir a mi casa, tengo que saber qué pasó con mi perro. ¿Dónde está mi ropa? Necesita descansar. Pero me siento bien, me tengo que ir. Su ropa está en ese cajón, pero no se puede ir hasta que lo demos de alta. Estaba yo, Julieta, Rigo, me atropellaron, atropellaron a mi perro. Voy a llamarle al doctor para que le explique; tuvo usted mucha suerte, no fue nada grave lo que le pasó, pero no se puede ir. Necesito mi teléfono señorita. Sus pertenencias están en el cajón.

Me levanté despacio. Sentí un tirón muy fuerte en la espalda. Caí al piso. A ver, déjeme ayudarlo. No se preocupe, yo me levanto solo. Me puse de pie y caminé lentamente hacia el cajón donde decía la mujer que estaban mis cosas. La ropa estaba ahí, doblada. Mi cartera tenía mi identificación y mis tarjetas; pero no tenía dinero. No había rastro de mi celular. Señorita yo traía dinero en mi cartera y ya no está. Le aseguro que todas las pertenencias con las que lo trajeron están ahí. No está ni mi dinero ni mi celular señorita. Tranquilícese señor por favor. Me dolía mucho la espalda, pero mi mayor preocupación no era el dolor, eran las ganas de irme para buscar a mi perro y a Julieta.

No sé cuánto tiempo pasó. Para mí fueron horas. Se escuchaba mucho ruido y personas que pasaban. Nunca me habían internado en un hospital. La cama era incómoda y sentía frío. Estaba en un cuarto pequeño, pero solo. Aislado de todo el ruido y lo que pasaba en el lugar. Supuse que estaba en un hospital particular.

¿Qué tal señor, cómo se siente? Un doctor muy amable entró al cuarto. Discúlpeme, como se podrá imaginar tenemos mucho trabajo, aunque aquí no atendemos oficialmente pacientes con Covid, pues es un hospital y no le podemos negar la atención a quién lo necesita. Lo aislamos para que no tenga ningún riesgo. Gracias Doctor. Tuvo usted mucha suerte, cuando lo trajeron el hospital estaba a su máxima capacidad. También tuvo suerte porque sus heridas no son graves y en un par de días podrá irse a su casa caminando, sin complicaciones. Doctor, estoy muy confundido. Me atropellaron y también atropellaron a mi perro, y no sé si está bien. No está mi teléfono y me gustaría comunicarme con alguien. ¿No traía su teléfono? Estoy seguro que tenía mi teléfono conmigo antes del accidente. Pues es probable que entre la confusión alguien lo haya tomado. Tampoco hay dinero en efectivo en mi cartera, y estoy seguro que traía. Disculpe señor Pablo, esas cosas pasan muy seguido. Las personas se aprovechan en estas situaciones, y más en tiempos de pandemia. Lo que podemos hacer es facilitarle el teléfono del hospital para que llame a un familiar y le pida que le traigan dinero y un celular. ¿Tiene el número de algún familiar? No, los números que tengo están en mi teléfono. ¿Algún tío o amigo de quien se sepa su número? No, pero si me dan acceso a una computadora puedo acceder a mis contactos. Híjole señor Pablo, eso sí no lo podemos hacer. Necesita descansar. Olvídese de todo por los días que va a estar acá, que nosotros haremos todo lo posible para apoyarlo. ¿No me puedo ir a mi casa ya? Como le comenté, aunque no sufrió daños graves, tiene contusiones que requieren descanso y tratamiento. ¿Y no puedo irme a descansar a mi casa? No puede señor Pablo. Le pago los días de hospitalización, pero déjeme ir a mi casa. ¿Está usted tratando de sobornarme señor? No, le digo que le pago los días al hospital como si estuviera aquí, pero me voy a descansar a mi casa. Me ofende señor, yo soy un profesional respetable y discúlpeme, pero tengo que atender a otros pacientes.

Después de mi plática con el doctor, ahora me preocupaba también que alguien tuviera mi celular. Y aunque es de esos que se desbloquea solo con reconocimiento facial, mis aplicaciones del banco y todas esas cuentas donde pones tu tarjeta estaban expuestas a ser robadas. La enfermera pasaba cada cierto tiempo a revisar si estaba bien. Resulta que estuve inconsciente cinco horas. No había pasado tanto tiempo, pero aún así estaba preocupado. También me sentía culpable por Rigo. ¿Cómo es posible que cuando Julieta se levantó y me fui tras ella haya dejado su correa en la banca? ¿Cómo es que me crucé la avenida esa toda peligrosa sin fijarme que Rigo estaba al otro lado? ¿Por qué le dije a Julieta esas cosas si todo estaba muy bien? Solo tenía dudas, preocupaciones, ansiedad. Físicamente mi cuerpo tenía moretones, pero emocionalmente estaba mucho más policontundido.

Al menos conseguí que me prestaran papel y pluma. Le escribí a Julieta varios poemas.

El mundo te está esperando

Te he visto
empatizar
hasta con el más arisco
de los perritos.

Los niños se desviven,
se enamoran
al instante
de tu trato
(Sabes hablar
su idioma).

Cuando te lo pide

tu tribu,
creas en vinil
Arte con amor.

Seguramente,
tu manía genera
los trastes
más limpios.

Creadora de stickers,
fotógrafa de
cámara invertida,
lectora incansable,
amiga confidente,
feminista asertiva,
luna llena brillante,
millenial sin molde,
rebelde con causa.

Yo, que apenas
te conozco
Y ya sabes
que me inspiras,
que me potencias,
que te quiero,
observo tu luz
desde la distancia.

Y me pregunto:
Si lo que observo
de ti,
lo sabes
o lo asumes
en ti,
¿Qué estás esperando

para comerte al mundo?

Señor Pablo, finalmente lo vamos a dar de alta. Qué bueno doctor. ¿Ve cómo sí pudo vivir sin celular? Solo necesito que firme, se vista y que a la salida pague su cuenta. Es usted muy afortunado, ya se lo dije. La vida está muy complicada y usted está vivo y sano. La gente se anda muriendo por todos lados y los hospitales están llenos. Si la gente se quedara en su casa, probablemente a usted no lo habrían atropellado.

Salí del hospital. Tomé un taxi, fui a casa a rastrear mi celular. El teléfono estaba apagado o desactivado. Mandé un mensaje a Julieta por la computadora, saludándola y preguntándole por Rigo. No recibí respuesta. Salí al parque a buscar a los dueños de los otros perros que pudieran darme información sobre Rigo. No sabían nada. Solo la señora dueña de Maya preguntó por mi estado de salud.

Un par de horas después, Julieta contestó. Llevaron a Rigo con el dogtor de Penny. Su mensaje solo contenía información. Tomé el coche y llegué a la clínica donde estaba Rigo. Hice muy poco tiempo ¿Por qué había tantos autos el día que nos atropellaron? Después de pelearme durante cinco minutos con la recepcionista, un dogtor joven con pijama quirúrgica azul apareció frente a mí.
¿Usted es el dueño de Rigo? Sí dogtor. El joven levantó la ceja y miró hacia arriba, creo que no le gustó que lo llamara así. Señor Pablo, su perro es muy afortunado. ¿Está bien? El impacto le provocó algunos daños, es como si le hubieran dado una patada muy fuerte. ¿Qué fue lo que pasó? Pues la verdad no lo recuerdo muy bien, todo fue muy rápido. Se cruzó la calle y yo fui tras él. Recuerdo que lo cargué pero entonces un auto nos aventó. Pero según recuerdo el golpe lo recibí yo. Lo último que vi fue a Rigo salir volando, luego quedé inconsciente. El dogtor parecía asombrado. ¿Usted cargó a su perro para que lo atropellaran a

usted? Pues esa es una forma de decirlo. ¡Vaya! El coche se frenó a tiempo, el impacto no fue tan fuerte. Pues quizás para usted no, pero después de hacerle unas radiografías a Rigo, va a estar bien, va a caminar, pero ya no va a poder tener la vida que llevaba antes. No entiendo dogtor. Aún es muy pronto para hacer pronósticos pero le soy sincero, es muy difícil que después de atropellado un perro viva mucho tiempo. Los nervios y la culpa empezaron a notarse. ¡Pero el impacto lo recibí yo, el coche se frenó a tiempo! Mire señor Pablo ¡Para eso lo cargué! Sí, pero... ¿Puedo verlo? Rigo está descansando y ahora no es horario de visita, vuelva por favor a las seis y podrá verlo. Dogtor, llevo tres días sin saber nada del mundo ¡Yo sé! Cuando desperté lo único en lo que pensaba era en ver a mi perro ¡Yo sé! Por favor déjeme verlo. Con mucho gusto puede verlo a la hora indicada. Muy bien dogtor. Así debe ser. ¿Cuántos días más necesita estar internado? Su perro tiene buenos genes, si todo sale como esperamos, mañana por la noche podrá llevarlo a casa pero necesita estar monitoreado. Está bien dogtor, le agradezco, ¿Cuánto le debo de lo que ha hecho por Rigo hasta ahora? No se preocupe, los gastos de Rigo ya fueron cubiertos. No me diga. Sí, la persona que lo trajo dejó un depósito bastante generoso que seguramente alcanzará para cubrir todos los gastos.

Pablo 11:17 a.m.
Muchas gracias por llevar a Rigo al dogtor. Gracias también por dejar el depósito. Si me facilitas un número de cuenta, con mucho gusto te transfiero.

Julieta 13:15 p.m.
Ok. ¿Cómo está Rigo?

Pablo 13:16 p.m.
Aparentemente está bien. De verdad muchas gracias por llevarlo, no sé ni cómo le hiciste pero mil mil gracias. ¿Cómo está Penny?

Julieta 14:00 p.m.
Me alegra saber que Rigo esté bien.

¡Mi humano! ¿Dónde está mi humano? ¡Quiero ver a mi humano! ¡Hola perro, ya despertaste! ¿Tú quién eres? No te asustes, estás en buenas manos. Hueles a muchos perros, eso me da desconfianza. Este lugar es muy pequeño y huele horrible. ¡Auxilio sáquenme de aquí! ¡Auxilio! ¡Es una trampa! Escucho a otros perros gritando y pidiendo ayuda. Mi instinto me dice que me vaya de aquí, pero me duele mucho, y algo impide que pueda moverme. ¡Auxilio! ¡Sáquenmeeeeee! Este lugar no me gusta nada. ¡No dejes que te piquen, es una trampa! ¡Exijo ver a mi humano! ¡Quiero ver a mi humano! Si te portas bien pronto podrás irte a casa. ¡No dejes que te piquen! Espera, que es esto que me estás poniendo. Tranquilo, no duele, es para que te sientas mejor. ¡No, no me hagas eso! Eso, buen perro. ¿Qué me hiciste, por qué no me puedo mover? Siento un líquido frío entrar en mi cuerpo, no puedo moverme, quiero morder a esta humana pero no tengo fuerzas. Eso, ya, duerme.

Antes de ir a la clínica, pensé en ir al parque a agradecerle personalmente a Julieta que hubiera llevado a Rigo. Caminé por el perímetro del laberinto buscándola con la mirada hacia dentro del parque. La vi con sus amigos y sus perros en otra banca distinta a la del merendero. Me puse muy nervioso. Di una vuelta alrededor para armarme de valor y si tenía suerte, ser visto por ella. Me imaginé por un momento que si me veía, Julieta me mandaría un mensaje para saludarme, como lo había hecho en otras ocasiones y eso me daría el empuje necesario para acercarme a ella y agradecerle. Dos vueltas más tarde el mensaje no llegó, su mirada no se cruzó con la mía, no me buscó. Desistí mi plan y regresé a casa para prepararme para ver a Rigo.

Cada vez que abría los ojos los olores del lugar y los gritos de los otros perros me hacían pensar que era mejor estar dormido. ¡Auxilio! ¡Sáquenmeeeeeee! ¡Es una trampa! Cállense por favor. Tenía una cosa pegada en una de mis patas, era muy similar a esas cosas que hay en el parque que echan agua, no como la fuente, sino como esas cosas que están en el piso y que nunca encuentras su inicio o su fin; similar a esos animales que Rufus dice que se llaman víboras y que nunca debemos acercarnos a ellas. Al mover la pata, la cosa esa se movía también, por un momento me recordó a mi cola. La humana que pica entró al lugar donde estaba. Me pareció que además de todos los olores a perro que despedía su cuerpo, había un pequeño rastro del olor de mi humano. ¡Hola perro! ¡Tienes una visita! El olor a mi humano era cada vez más claro. Me pareció escuchar algo parecido a su voz. Me levanté enfocando mis orejas hacia el lugar donde provenía el sonido. ¡Era él! ¡Mi humano había venido a sacarme de este lugar más feo que el minoperro! ¡Rigo! ¡Pablo! ¿Cómo estás chiquito? Solté un chillido. Con la poca fuerza que tenía levanté la cabeza para lamer la cara de mi humano. ¡Pablo, es el peor lugar al que me has traído! ¡Rigo, me da mucho gusto verte! Los brazos de mi humano son agradables, casi tan agradables como sentir que la humana de Penny me rasque la panza.

No podía dejar de llorar. Julieta me dijo alguna vez que no es buena idea llorar frente a tu perro porque los estresas, pero no podía contenerme. ¡Mira, te traje tu ratón de peluche para jugar! Rigo se veía bien a pesar de las vendas que rodeaban su cuerpo y el suero que colgaba de su pata delantera izquierda. La hora de visita se pasó muy rápido. Quería seguir ahí, me provocaba sentimiento que la cola de Rigo hiciera un ruido como de percusión al moverla y golpear contra la jaula de metal en la que se encontraba. Ya me tengo que ir grandulón, toma tus medicinas y pórtate bien para que mañana puedas irte a la casa.
¡No, espera humano! ¡Espera, no te vayas! ¡Aquí huele horrible! ¡La cama es dura! ¡Nadie me mima! ¡No está el parque donde veo a

Penny! ¡Aquí todos gritan! ¡Llévame ya! ¡Aunque me duela! Es por tu bien Rigo. Ya mañana vengo por ti.

Este lugar no es mi casa. ¿Por qué estoy aquí? ¿Se habrá alguien llevado mis galletas? ¿Estará Penny pensando en mí? Ya casi no me duele. ¿Por qué vino mi humano y se fue? No sé si esto sea igual o peor que lo que me cuentan mis amigos perros cuando los sacan a pasear y de pronto sus humanos los dejan amarrados y se van. ¿Por qué se van si te sacan a pasear? Y aunque siempre regresan, mis amigos comentan que esperar a su humano en la calle sin saber lo que está pasando es una de las peores sensaciones. A mí me hizo lo mismo mi humana anterior pero mi humano fue a rescatarme. ¿Por qué no lo hizo ahora? Ya estoy imaginando cosas, puedo sentir el olor de Penny acercándose. Pero eso no puede ser. Penny está en su casa con su humana. Lo huelo más cerca. ¿Estoy pensando tanto en Penny que ya la huelo? No. El olor está muy cerca y el de su humana también. ¿Penny? ¿Penny? ¿Eres tú?

¡Hola Rigo! ¡Mira a quién venimos a visitar! ¡Es Rigo! ¡Tu amigo Rigo!
¿Penny? ¿Cómo estás Rigo? ¿Qué haces aquí en este lugar tan incómodo? ¡Aquí es mi dogtor! ¿Y cuando vienes escuchas a los otros perros gritando? ¡Todo el tiempo! ¿Y no te lastiman las orejas? Te acostumbras. Mientras platicábamos, la humana de Penny platicaba con el dogtor, y aunque su olor era muy similar al de la otra humana que olía a muchos perros, el suyo no era tan incómodo. ¿Estás aquí para ver a tu dogtor? Sí, me picó con una cosa, luego mi humana me preguntó si quería visitarte y le hice tres guaus como tú me enseñaste y aquí estamos. ¿Verdad que eso de los tres guaus funciona? ¡Sí! Oye Rigo ¿Te acuerdas cuando estuvimos en mi coche? No. ¿No te acuerdas? No. ¿No te acuerdas que estabas dormido en la calle y que mi humana le dijo a su amigo que te levantara y yo me subí al coche, luego él te

subió al coche y ella manejó; yo te iba diciendo que despertaras y te di lengüetazos en la cara? No me acuerdo Penny. Fue después de que se llevaran a tu humano. ¿Me diste lengüetazos en la cara? ¡Sí! ¡Para que abrieras los ojos! ¿Y los abrí? Muy poquito, luego los volviste a cerrar. Gracias Penny. ¿De qué? Por haberme acompañado mientras estaba dormido. ¡Rigo los perros no se dan las gracias! Pero quiero hacerlo. También quiero decirte algo. ¿Algo? Sí Penny. Pues no sé para qué, pero dime algo. Rigo se agachó y le dio un lengüetazo en la cabeza. ¿Qué fue eso? Lo que te quería decir. ¡Ay Rigo, eres bien chistoso! ¿Alguna vez te has enamorado Penny? No sé qué es eso. Es cuando no sabes por qué, pero le das a otro perro un lengüetazo en la cabeza. Penny inclinó la cabeza. No, bueno, no es eso, no solo es darle un lengüetazo en la cabeza, es no saber por qué, pero querer hacerlo, y querer estar con ese perro todo el tiempo. Entonces estoy enamorada de mi humana, y de Draco, de Tania y de ti también. ¿Cómo podía explicarle a Penny lo que era estar enamorado si ni yo mismo sabía lo que era? No Penny, no te dije nada. Bueno. ¡Hora de irse! Gracias por venir Penny. Pues es que tenía que venir al dogtor y los perros no dan las gracias Rigo. Sí Penny. ¡Vámonos Maguna!

LA ÚLTIMA CONVERSACIÓN

Apenas conseguí un teléfono nuevo mandé borrar el anterior. Como un niño al que le han quitado lo que lo hace feliz, ignoré mi parte racional y la emocional se escondió en la visceral, esa que humanos y perros sacan cuando sienten que no tienen ya nada que perder.

Dentro de mí había estallado una guerra. Una guerra de la que Julieta no era culpable y que le tocó recibir la peor parte. La bombardeé de mensajes. Respondió con un "luego hablamos". Habíamos hablado alguna vez del respeto y aunque le dije que la iba a dejar tranquila, mi parte visceral mandó mensajes de voz. Le dije que la quería, que no entendía lo que estaba pasando, ella no respondió. Mi parte racional seguía intentando que reaccionara, que me detuviera; estaba llevando las cosas a un punto de no retorno. Seguí insistiendo.

Julieta contestó al poco tiempo.

Julieta
No sé si en algún momento no establecí bien los límites o me mal entendiste, pero yo no me voy a enamorar de ti (ni de nadie, probablemente).
La mayoría de las veces la hora del parque es literalmente el único momento que tengo para estar sola y ahora ni eso, ya sé que te puedo decir que no quiero estar contigo pero siempre he preferido ser educada y no herir a la gente (hasta que un día exploto, como hoy por ejemplo).
De verdad, de verdad, de verdad nunca ha sido mi intención las-

timarte, pero por no hacerlo me he callado cosas que me están incomodando y se me olvida que primero yo, siempre.

A ese mensaje le siguieron otros donde yo trataba de justificarme. Ella solo estaba tratando de explicarme las cosas y yo, ante la inminente rotura de corazón intenté despedirme, darle las gracias y dejar las cosas bien. Mi kamikaze emocional se atrevió inclusive a sugerirle que si decidía enamorarse, si quería hacer el amor o si decidía retomar la comunicación sabía dónde encontrarme. Finalmente y según yo, para que me dejara de doler un poco, dejé de seguir a Julieta en Instagram. Dejé también de compartirle la nota donde le escribía los poemas que le escribía diariamente.

Fueron cinco días donde todo parecía que estaría bien. Tenía el corazón roto, pero se sostenía a flote como si lo tuviera pegado con cinta adhesiva. Salí poco con Rigo, nunca a la hora a la que salía Julieta. Rigo se veía mejor, pero era evidente que extrañaba salir a jugar al momento que ya estaba acostumbrado. Entré a Instagram y me di cuenta que Julieta me había dejado de seguir. La guerra dentro de mí se había reactivado. La parte racional encerrada en un calabozo profundo y la visceral a la defensa de la emocional.

Pablo
Hola. Vi el unfollow de Instagram. De verdad me hubiera gustado que encontráramos una forma de seguirnos conociendo. Yo sé que nunca tuviste que darme explicaciones, pero sin explicaciones nunca supe qué fue lo que te llevó a irte fastidiando. Tampoco tuve la oportunidad de conocerte fuera del contexto de los mensajes o compartir tu tiempo de parque. De verdad lamento todo lo que pasó. Gracias por todo y ojalá, me encantaría que pudiéramos platicar una última vez para no cerrar las cosas así. Pero es tu decisión. Saludos a Penny.

La peor versión de mí estaba escribiendo mensajes disparándose en el pie. Era evidente que Julieta me respondería molesta y haciendo una observación al último mensaje que le mandé la conversación anterior. Y lo hizo. Y yo respondí. Y ella se defendió. Y yo respondí. La aplicación de mensajes ardía en llamas. Mi parte visceral estaba siendo despedazada por la parte racional de Julieta. Estaba incendiando la casa, hundiendo el barco. Mi ausencia de límites estaba llenando de mierda lo que hacía no mucho tiempo era la fuerza que me hacía feliz. Ese niño que era feliz se había convertido en un niño caprichoso, inconsciente y malcriado que necesitaba un alto.

Julieta
No te quiero dar más explicaciones, no quiero que te preocupes por mí porque me hostigas, te esfuerzas demasiado y solo te dejas en ridículo. ¡Déjame en paz, déjame de intensear!

El último mensaje fue un discurso mío donde trataba de explicarle que no era una cuestión de ridículo, que estaba luchando por lo que me había hecho feliz por esos meses, que yo creía que podíamos seguir construyendo juntos. Yo no me daba cuenta de lo que estaba escribiendo, no me fijaba que ante el dolor que sentía, con los pedazos de corazón roto regados por todo el cuerpo estaba siendo deshonesto con mi bandera, con mi estandarte de inspiración.

Julieta ya no respondió más.

Cuatro días después, le envié a Julieta una nueva invitación para acceder a la nota compartida con sus poemas. La invitación no fue aceptada.

HOY TENGO MIEDO

Pablo estaba dormido. Quería que me sacara a orinar al parque pero entendí que estaba muy cansado. Es extraño, los humanos no expiden olores cuando duermen. No quise molestarlo. Me subí a la cama y me quedé dormido sobre sus pies.

Soñé con Penny. Una y otra vez. Soñé que me llenaba de lengüetazos el hocico y que después de olernos un rato íbamos juntos al otro árbol de las ardillas, al que solo ella y yo conocíamos y echados en el piso disfrutábamos de las galletas que había enterrado para ella.

Despertaba ansioso, sin perder ninguna emoción. Corría a la ventana y por la posición del sol, sabía que era el momento de salir al parque. Regresaba a la cama. Mi humano estaba siempre con los ojos abiertos mirando hacia arriba, pero no se movía.

Comía. Últimamente mi humano dejaba suficiente comida en el plato. Extraño. Solo hacía eso cuando salía por la puerta sin mí, pero mi humano estaba ahí, acostado en la cama, sin levantarse.

Mi humano no quería levantarse de la cama, me subía de un salto y me paraba sobre él. Le lamía la cara, eso siempre provocaba que se levantara. No Rigo, ahora no. Yo sabía que algo andaba mal desde el momento que dejó su cacharro con el que tomaba "fotos" sobre la mesa y no lo había tocado en mucho tiempo. Olía diferente, era un olor que nunca había percibido desde que mi humano y yo somos compañeros. Un olor ácido y desagradable que en ocasiones me provocaba ganas de vomitar sin necesidad de comer pasto.

Percibía el olor de Penny a lo lejos. La cola casi se me salía del cuerpo. ¿Qué hacíamos en casa? ¿Por qué se repetía esto? Me acercaba a la cama, tomaba con los dientes la cobija y trataba de quitarla del cuerpo de Pablo. ¡Dije que no, Rigo! ¡Pero es que Penny! ¡Ya es hora del parque y ella y yo…! Rigo deja de ladrar por favor. ¡Papá, es que Penny por favor! Pocas veces le digo papá a Pablo. No en su presencia. Para decirle papá tengo que ajustar mi ladrido de una forma que lastima y me hace llorar un poco. Pero cuando lo hacía, mi humano siempre reaccionaba.

Pablo se levantó de la cama de un salto. Rigo echó el cuerpo para atrás como si esperara un golpe. Pablo nunca lo había golpeado, pero reconocía el gesto en su memoria de sus dueños anteriores. Con una energía que no había mostrado en todo el día, se hincó, tomó a Rigo de los cachetes y acercó su cabeza de un solo movimiento hasta estar a menos de un centímetro del hocico del perro. Hoy tampoco vamos a ir al parque Rigo, ni mañana, ni pasado y no sé cuándo volvamos a ir. Sé cuánto te gusta, sé que te encanta estar con Penny y con Julieta pero… Antes de terminar su frase, Pablo abrazó a Rigo mientras le acariciaba la cabeza. Perdóname Rigo, de verdad perdóname, tú eres el menos culpable de todo esto. ¿Me perdonas? Rigo iba a ladrar una sola vez, no estaba del todo convencido o seguro de entender lo que estaba pasando, pero el olor de Pablo le dijo todo. En ese momento la memoria de Rigo funcionó a la perfección. Penny era lo que Rigo más quería, pero Pablo era su todo. El perro soltó tres ladridos. La voz de Pablo se quebró cuando le dijo a su perro cuánto lo quería.

Lo intenté todo. Humano, vamos a jugar a que me avientes la pelota, lamidas en la cara, caca en el sillón. El olor de Pablo seguía siendo desagradable. De pronto lloraba y regresaba a la cama a mirar hacia arriba. Tenía que hacer algo. La rutina se había puesto muy triste. ¿Qué más podía hacer?

Una noche Pablo se quedó dormido. Rigo escuchó las pisadas de Kahlu en el techo ¡Claro! Kahlu podría darle un mensaje a Penny de mi parte cuando la vea. Pero Kahlu casi nunca sale a pasear a la misma hora que Penny y su mamá ¿Qué podía perder al intentarlo? ¡Kahlu! ¡Ven! Tengo que pedirte un favor. Kahlu casi nunca ladra, a veces es muy difícil saber si está escuchando o no. Escuché que la reja de casa de Kahlu se abría y casi de inmediato, sus pisadas bajando las escaleras. Me puse pegado a la puerta y Kahlu hizo lo mismo al otro lado ¿Qué pasa Rigo? Kahlu, necesito que me hagas un favor enorme enorme enorme. Ya sé, quieres que le diga algo a Penny. Kahlu nunca dejaba de sorprenderme, de alguna forma me recordaba a mi madre. ¿Cómo lo sabes? Kahlu se pegó un poco más a la puerta. ¿Para qué crees que tengo estas orejotas? Casi no hablo, pero lo escucho todo. Necesito que le digas a Penny que no voy a salir al parque por un tiempo. Mi humano no está bien y no sé cuándo volvamos a salir. Las pisadas de la dueña de Kahlu se escucharon por las escaleras. No tenemos mucho tiempo ¿De verdad eso es lo que quieres que le diga? Sí, bueno no. Mejor dile que me encanta. Eso ya lo sabe Rigo. Lo saben hasta las ardillas del otro parque. Bueno, dile que las galletas que he estado enterrando son para compartirlas con ella. Ay, eres bien tierno Rigo. La dueña de Kahlu ya estaba abriendo la puerta. ¡Kahlúa ven, no molestes al perro del vecino! Bueno, dile lo de las galletas y que me encanta y que sepa que estoy al pendiente y que ella es lo máximo y que me muero por verla. Está bien Rigo, si la veo lo haré. Espero que no se me olvide y más aún, espero que pueda verla. En este momento creo que tú tienes más oportunidad de verla que yo. Está bien Rigo, eres bien tierno. Gracias Kahlu, tú eres lo máximo.

La puerta principal del condominio se cerró. Rigo estaba más tranquilo. Estaba seguro que Kahlu entregaría el mensaje y que Penny lo esperaría hasta el momento de volverse a encontrar.

Unos minutos después, el perro regresó a acostarse a los pies de la cama a velar por su amo, esperando que ese olor tan desagradable que emanaba de su cuerpo desapareciera pronto.

Tengo miedo de salir a la calle. No quiero encontrarme a Julieta. Me siento culpable. Me siento triste. ¿Qué hice? No sabía que me dolía más, sentirme culpable por haber arruinado todo o sentirme triste por sentirme culpable por haber arruinado algo que quizás nunca existió para ella, solo para mí. Y Rigo ¿Qué le estoy haciendo a Rigo, nos mudamos?
No trates de escapar.

Volví a cambiar nuestra rutina. De nuevo salíamos por las mañanas a jugar al laberinto. Me sentía extraño. Triste. Diferente. Dejé de dibujar y de escribir por un tiempo. No tenía ganas, ni inspiración, ni nada. Rigo volvió a acostumbrarse a la vieja rutina. Quería conseguirle una perrita con la que pudiera estar, pero todos los dueños de perras que conocía lo seguían viendo como el perro que atacó al Dóberman. No sé si era mi paranoia, pero yo también sentía que las personas me veían diferente. Quizás siempre me vieron así, pero no me daba cuenta.

Pasaron unos meses y se acercaba el cumpleaños de Julieta. Yo le había dicho que el libro que estaba escribiendo sobre perros se publicaría el día de su cumpleaños pero no estaba listo. No podía estar listo porque no tenía ganas ni el valor de escribir sobre eso. Semanas antes me vino a la mente una idea para la portada. Me dio gusto sentirme inspirado. Hice nueve versiones y se las envié para que me diera su opinión. Contestó con números de los dibujos que le habían gustado. Agradecí sin seguir con la conversación.

Nunca olvidé que Julieta quería dedicarse a escribir. Transcribí en un nuevo documento todos los poemas que había escrito y los convertí en un libro nuevo. Fui a una imprenta y mandé hacer solo dos copias, una para ella y una para mí. Seleccioné algunos de los dibujos favoritos que hice para ella, y le hice una tarjeta que tenía poemas de otros autores con referencia a los cumpleaños. Busqué una pluma que fuera de su color favorito. Busqué también una libreta del mismo color. Encontré ambas. Agregué al regalo una copia de un libro que me habían recomendado que tenía muchas ideas para escribir y soltar la pluma. En la tienda donde alguna vez compré todo el material para crear la envoltura de su merendero conseguí confeti, papel de colores y por varios días busqué una caja donde cupiera todo. Esta vez, su regalo era para mí. Todo pensando en ella y honrar su cumpleaños, pero para mí. Disfruté mucho el proceso. No quería que pensara que era un pretexto para verla así que envié el regalo el día de su cumpleaños con el portero del condominio.

Recibí un mensaje de agradecimiento. Le ofrecí que si quería comentar algo más del regalo me escribiera. No me escribió.

La gente empezó a salir nuevamente a las calles.

Me atreví a salir con Rigo a la hora en la que Julieta salía a jugar con Penny. Dar una vuelta por el perímetro del parque. La dueña de Kahlu me comentó que no dejara que Rigo anduviera sin correa. Se había aprobado una ley que prohíbe que los dueños dejen que sus perros anden libres en el parque. Pocos seguían la regla hasta que una mujer de la alcaldía llegó al parque a poner multas si encontraba a un perro suelto. Dimos una vuelta, vi a Julieta a lo lejos sentada en la fuente. No sé si nos vio, pero me pareció verla cargando a Penny. Rigo se quedó quieto un momento oliendo algo. Regresamos a la casa.

El segundo año de pandemia llegaba a su fin. Abrí nuevamente el archivo del libro de perros. Escribí un capítulo con el título "El laberinto".

El último día del año le envié un mensaje de voz agradeciéndole el haber sido parte importante de mi vida. Nuevamente me disculpé por cómo habían terminado las cosas. Me contestó con un mensaje de texto deseándome cosas memorables. Rigo y yo cenamos y recibimos el año solos en casa. Jugamos toda la tarde, comimos delicioso, nos dormimos a las once.

Se acercaba el día de mi cumpleaños. Me puse como meta terminar el libro para ese día. Para ponerme presión, puse el libro en preventa. Eso implicaría comprometerme a escribirlo. Tenía que estar listo cuatro días antes de su publicación para poder ser revisado. Le envié a Julieta la liga de la preventa y los dos primeros capítulos. Me contestó agradeciendo e indicando que luego los leería.

Rigo dejó de inquietarse a la hora de salida de Julieta y Penny a jugar.

Dos semanas antes de publicarse el libro, decidí regalarme de cumpleaños presentarlo. Le pedí a un amigo escritor que me hiciera el honor de presentarlo.

Ocho días antes de publicarse, conseguí un lugar "pet friendly" cerca de la casa para poder llevar a Rigo a la presentación. Esa misma tarde volví a tomar la tableta y dibujé la imagen de una sirena nadando hacia lo desconocido y a una perrita Dachshund muy alegre también con cola de sirena, ambas enlazadas por la cintura. El dibujo era a una sola tinta color Pantone 3278. Me gustó tanto que lo convertí en la invitación. Se la envié a Julieta. Agradeció. No confirmó su asistencia.

Un día antes de la fecha de entrega de la versión final, leí todos los mensajes que intercambié con Julieta. No pude evitar recordar y llorar pero sin volver a ser ese niño malcriado que se sintió culpable por arruinarlo todo. Rigo me hizo compañía todo el tiempo acostado en mi estómago.

El día límite de entrega solicité la prórroga de un día. Después de leer bien todo el intercambio de mensajes, decidí escribir nuevamente muchos capítulos y cambiar el final. Me aceptaron la prórroga, pero el libro se publicaría un día después. La presentación se realizaría un día antes de que el libro saliera a la venta.

Envié la primera versión del libro en la fecha acordada y el archivo a mi amigo para que pudiera leerlo y tener de qué hablar en la presentación. Después de enviar el archivo a revisión, nuevamente quise hacer cambios al final.

Mañana es mi cumpleaños. ¿Estás listo para lo que viene, Rigo? GuauGuauGuau.

EPÍLOGO

Estaba con mi humano jugando al laberinto. Salimos recién me despierto, mi papá dice que es mejor así porque no hay tantos humanos o perros. Después de dejar cacahuates en la cosa esa donde me sentaba con la pandilla a ver a las ardillas, mi humano se sentó en la banca, miró hacia todos lados y soltó mi correa. Rigo, ve al centro del laberinto y tráeme una rama.

Antes de llegar a la fuente, percibí un olor conocido. Dentro de la fuente estaba el minoperro sentado mirando hacia el lado opuesto. Por un momento pensé en dar la vuelta y buscar una rama en otro lado. Miré a mi humano, estaba distraído con la cosa que toma fotos. Mi instinto quería que me acercara al minoperro. Me acerqué lentamente. El minoperro percibió mi olor, se levantó solo para dirigir su vista hacia mí. Se sentó nuevamente. No te acerques. Hola minoperro, no quiero problemas. ¿Qué quieres? Solo quiero hablar contigo. El minoperro se rascó la oreja. Tú y yo no tenemos nada de qué hablar. Por favor minoperro, quiero preguntarte algo. Yo no sé por qué me dices minoperro, yo no me llamo así. ¿Cómo te llamas? ¡Mi nombre no importa! ¡Nada importa! ¡No te acerques! Por favor, solo quiero hablar contigo, a cambio te puedo dar algo. No creo que tengas nada que me interese, perro. ¿Te gustan las galletas? El minoperro se levantó. ¿Galletas? ¿Te gustan? Me gustan las galletas. Si respondes a la pregunta que te quiero hacer, te puedo decir varios lugares donde tengo escondidas muchas galletas. El minoperro se sentó nuevamente. Está bien, pero no des un paso más. Si nuestros humanos nos ven cerca puede haber problemas. Tienes razón. Antes de preguntar, quiero ver una galleta. ¡Espera! Salí corriendo hacia la jardinera cercana. Busqué la galleta enterrada en ese lugar. Con el hocico y las patas quité la tierra. ¡Aquí sigue! Tomé la galleta, fui al lugar donde estaba conversando con el minoperro y la dejé en el piso. Aquí está, minoperro. Muy bien, puedes preguntar lo que quieras, pero ya no me llames minoperro. Está bien. Pregunta. ¿Alguna vez te has enamorado? El minoperro guardó silencio, luego se recostó y se lamió una de sus patas. ¿Quién te dijo eso? Me lo dijo Kahlu. El minoperro se lamió la otra pata. Sí perro. Yo me enamoré una vez y no te lo recomiendo. ¿Por qué? El minoperro se levantó. Porque eres un perro y los perros no se enamoran. ¿Si los perros no se enamoran entonces, cómo te enamoraste tú? El minoperro salió de la fuente de un salto. Los perros no se enamoran porque toda su atención y su vida tiene que estar dedicada a su humano. Eso me queda claro, pero no sé qué tiene que ver. El minoperro levantó su pata y se talló los ojos. Cuando un perro se enamora deja de tener control sobre sus impulsos, sobre sus acciones, sobre su obediencia. Sí, y no sabes qué te pasa y solo quieres ver y estar con la perra de la que te enamoraste, pero si tu humano decide que no van a salir o que tiene que hacer otra cosa no sabes qué hacer con eso. El minoperro dio otro paso hacia adelante. ¡Exacto! ¿Tú también te enamoraste? Sí. Y sigo enamorado pero mi humano y la humana de la perra ya no se hablan. ¿Me puedes aventar la galleta? Rigo la empujó con sus patas hacia el minoperro. Están deliciosas. El minoperro la devoró de un bocado. Lo mismo me pasó a mí. Mi humano y la humana de la perra de la que me enamoré dejaron de hablarse y ya no pude verla. ¿Y cómo te quitaste lo enamorado? El minoperro buscó a su humano con la mirada. Ese es el asunto, creo que a un perro eso no se le quita, así como no se le quita nunca la lealtad por su humano. Rigo respiró profundamente. ¿Quieres otra galleta? Me encantaría, recordar a la perra de la que me enamoré siempre me da hambre. ¡Espera! Rigo corrió hacia la otra jardinera. Desenterró dos galletas. Las sujetó con el hocico y regresó al lugar. Toma, una para ti y una para mí. El minoperro se acercó a Rigo. Se agachó a tomar la galleta y la masticó. De verdad que son deliciosas. Tengo más escondidas si gustas, las escondí porque pensé que algún día se las daría a mi enamorada. Te voy a dar un consejo. Al escuchar la voz de su humano, el minoperro regresó a la fuente. Nunca permitas que estar enamorado te impida ser quien eres. No te entiendo. Mírate, estás enamorado y aún así me compartes galletas y quisiste hablar conmigo, a pesar de que ya no ves a tu enamorada. Yo no tuve la misma suerte. Al no ver a mi enamorada me enojé, me porté mal y ahora no puedo soportar ver a un perro que mueva la cola porque siento mucha rabia. ¿Y no puedes cambiar eso? Es demasiado tarde para mí, pero tú estás a tiempo. Rigo asintió con la cabeza. Yo nunca he dejado de ser el perro que soy, y aunque no vea a Penny voy a seguir adelante, que lo enamorado me ayude a hacer cosas bonitas en su nombre. Muy bien, eso es lo que debes hacer. Sí, eso haré. Rigo giró su cuerpo para regresar con su humano. Al dar dos pasos se detuvo. ¿Cómo te llamas? Me llamo Rigo ¿y tú? El minoperro se rio. ¡Qué curioso, yo también me llamo Rigo! Pues muchas gracias Rigo. No me agradezcas Rigo, los perros no agradecen. Ya sé, pero creo que esa es mi propia suerte. ¿Cuál? Mi propia suerte es ser un perro que no es como los demás perros. Eso es excelente Rigo, cuando quieras puedes venir a platicar y oye, pensándolo bien sí puedes llamarme minoperro, se escucha muy perrón. Gracias minoperro. Una cosa más antes de irme. ¿Qué pasó Rigo? Cuando quieras que le diga algo a tu enamorada, con mucho gusto puedo pasarle el mensaje, Kahlu es mi vecina y platicamos mucho. No necesitas decirle nada Rigo. Que esté bien y sea feliz es lo importante. Muy bien, gracias minoperro. ¡Gracias Rigo!

En el camino de regreso, Rigo buscó una rama para llevarle a su humano. Pablo lo tomó de las patas delanteras. ¡Vamos a jugar al baile del perrito Rigo!

"...Cada uno da lo que recibe
Y luego recibe lo que da
Nada es más simple
No hay otra norma
Nada se pierde
Todo se transforma"

-Jorge Drexler

AGRADECIMIENTOS

A la correctora fantasma, que enriqueció la lectura y me ayudó con la diferencia entre has y haz.

A Rogelio Flores, cuya aportación la última etapa de creación de este libro es invaluable.

A María Cajigas, que ayudó bautizando a los personajes principales.

A mi padre, por estar.

A los dueños, y perros que inspiraron los personajes de GUAU.

A Marcela, por las porras los últimos días del proceso.

A los que compren el libro digital, que permitirá que los asilos de perritos tengan donaciones en especie.

ACERCA DEL AUTOR

Alejandro Archundia nació en la Ciudad de México el 11 de enero de 1979. Es Escritor, Actor, Psicólogo, Payaso y Educador. Como escritor ha ganado premios de crítica cinematográfica, dramaturgia y cuento. Como educador se dedica desde hace varios años a entrenar profesores en nuevas tecnologías y pedagogías emergentes.

En el 2020 diseñó un modelo de aprendizaje híbrido que se ha implementado con éxito en escuelas de México. También es creador de cursos sobre el desarrollo de la creatividad para adultos.

Actualmente está preparando un libro de cuentos para niños y un espectáculo unipersonal.

Made in the USA
Columbia, SC
19 January 2025